POTENTIAL

포덴

POTENTIAL 포텐 10

김민수 장편소설

초판 1쇄 찍은 날 | 2017년 8월 25일
초판 1쇄 펴낸 날 | 2017년 9월 1일

지은이 | 김민수
펴낸이 | 예경원

기획 | 위시북스
편집책임 | 이규재
편집 | 이즈플러스

펴낸곳 | 예원북스
등록번호 | 제396-2012-000132호
등록일자 | 2012. 7. 25
KFN | 제1-141호

주소 | 경기도 고양시 일산동구 호수로 646-24 위너스21 II 빌딩 206A호 (우)10401
전화 | 031-819-9431 팩스 | 031-817-9432
E-mail | yewonbooks@naver.com

ⓒ김민수, 2016

ISBN 979-11-6098-433-0 04810
      979-11-5845-360-2 (set)

POTENTIAL
포텐
10
김민수 장편소설
WISHBOOKS MODERN FANTASY STORY
Wish Books

CONTENTS

POTENTIAL

포텐

59.
미션 파서블 : 마카오 로얄 (2)

「36시간 전」–인천공항 출국장.

"다 왔습니다, 민호 씨."

"벌써요?"

밴에 타고 있던 민호는 공 매니저의 음성에 정신을 차리고 눈을 비볐다. NG 없이 배역에 최대한 몰입했음에도 아침 7시가 되어서야 촬영이 끝났다.

공 매니저가 챙겨온 티켓과 여권을 내밀며 피곤에 절어 있는 민호를 안쓰럽다는 듯 바라보았다.

"출연자들은 5번 게이트에서 모여 탑승수속을 밟는다고 들었습니다만, 괜찮으시겠습니까? 정 힘드시면 이번 회차 훈련은 건너뛰시는 것도……."

"가면서 자면 돼요. 마카오에서 따로 볼일도 있고요."

홍콩까지 4시간 정도의 비행이면 취화정으로 어느 정도의 피곤함은 회복할 수 있을 것이다. 하품하며 백팩에 짐을 구겨 넣는 민호에게 뒷좌석의 김 코디가 급히 말했다.

"형. 필요한 것만 가져가시고 나머지는 여기에 담아 주세요. 스태프 짐 부칠 때 제가 챙길게요."

"알았어, 땡큐."

애장품과 타블릿을 제외한 옷가지 일체를 캐리어에 담던 민호는 뒤로 고개를 돌렸다가 '나 여행갑니다' 하고 광고하는 것만 같은 복장의 김 코디를 발견했다.

눈에 확 띄는 주황색 방풍 재킷과 목에 건 큼지막한 카메라, 그리고 선글라스. 그 유난스러운 모습에 피식 웃음이 터졌다.

"시완아. 1박 2일이라 관광할 시간 거의 없을 텐데."

"그냥 첫 해외여행이라 기분 좀 내봤어요, 흐흐."

공 매니저도 고개를 돌려 김 코디를 보더니 말했다.

"시완이 너 들뜨는 것도 이번뿐일 거다. 중화권에 민호 씨 진출하면 중국이나 홍콩은 내 집처럼 스케줄 하러 왔다 갔다 해야 하니."

"네? 진출이요?"

민호가 고개를 갸웃하자 공 매니저가 소리 없는 눈웃음을 흘렸다.

"임소희 사장님께서 당분간은 비밀로 하라고 하셨지만, 이 거 너무 좋은 소식이라. 중국 쪽 방송국에서 자꾸만 연락이 오고 있습니다. 사장님은 이번 드라마 반응이 상당해서 연말 특집프로 모셔가기 경쟁이 시작된 거라고 하시더군요. 청춘 일지야 원래 인기가 좋았지만, 민호 씨 나온다고 '메디컬 24 시'까지 방영권을 사갈 정도면 말 다한 거 아니겠습니까?"

"민호 형, 이 정도면 강제 진출이네요."

김 코디도 손뼉을 치며 감탄했다.

중국 진출에 대해 별반 생각이 없던 민호는 뜻밖의 부담감 을 안고 밴에서 내려섰다. 이러다 중국어에 능통해지는 애장 품이라도 찾아봐야 할지 모를 일이었다.

"그럼, 민호 씨. 홍콩에서 뵙겠습니다."

공 매니저가 밴을 몰아 장기 주차장 쪽으로 떠나고, 민호 는 게이트 안으로 걸음을 옮겼다. NBS 방송국 스태프가 모 여 있는 휴식 공간 너머로 출연진의 모습도 보였다.

'나 말고 네 명이 더 있다고 했던가?'

살펴보니 남자, 여자 한 명씩 스태프 앞에 서 있었다.

"어? 강민호 씨!"

'맨 앤 정글' 총괄PD 하의중이 민호를 발견하고 다가왔다. 서른 중반의 젊은 피인 그는 예능보다 다큐 전문가로, 인물

하나하나에 집중하는 세밀한 연출을 좋아한다고 공 매니저에게 들었었다. 그러니 일단 눈에 잘 띄어야 한다는 당부까지도.

"안녕하세요, 하 PD님."

"일단 저쪽에서 쉬고 계세요. 출연자 전부 오면 대략적인 일정에 대해 설명해 드릴 테니."

민호는 하 PD를 지나 마주치는 스태프와 인사를 나누며 카메라 앞으로 걸어갔다.

"그렇다니까. 서핑은 균형만 잡을 줄 알면 금방 탈 수 있어."

"그래도 파도치는 곳은 좀 위험 하지 않나요?"

"소유 씨 수영 잘하잖아. 익숙해지면 파도만 봐도 뛰어들고 싶어……."

대화 중이던 두 사람이 민호를 돌아보았다. 다부진 체격의 사내와 키가 상당히 큰 여인.

'배우 황지석. 모델 한소유.'

졸음 속에서도 공 매니저에게 주입식으로 들은 기억들이 새록새록 떠올랐다.

"안녕하세요, 강민호라고 합니다."

"알지, 민호 씨! 얘기 많이 들었어요. 반가워."

황지석이 웃으며 손을 내밀었다. 작은 키에 사람 좋은 아저씨 같은 인상의 그는 나이는 서른둘이었으나 하 PD보다 더 들어 보였다.

민호는 악수를 하며 황지석이 메고 있는 가방을 흘끔 살폈다. 애장품의 가능성이 있는 빛은 보이지 않았다. 그것은 늘씬한 다리라인을 뽐내고 있는 한소유도 마찬가지였다.

"반가워요, 강민호 씨."

한소유가 인사를 하고 바로 물어왔다.

"출연자는 각자 생존에 관련된 장기가 하나씩 있다고 들었는데, 민호 씨는 뭔지 감이 안 오네요."

이 말에 황지석이 민호의 아래위를 가리키며 말했다.

"보면 몰라? 머리잖아, 머리. 딱 봐도 모범생처럼 보이는구만. 옷도 멋지게 입고 왔잖아."

"훈련받으러 갈 사람처럼은 안 보여요."

드라마 촬영을 끝내고 바로 온 탓에 풀 메이크업에 정장차림이었다. 민호는 활동성 좋은 운동복을 걸친 두 사람을 보고 미리 편한 옷으로 갈아입어 깔맞춤을 했었어야 하나 고민하다 홍콩에 가서 갈아입으면 된다는 생각에 대답부터 했다.

"딱히 소유 씨처럼 수영을 잘한다거나 지석 씨처럼 레저스포츠 장기가 있어서 지원한 건 아니에요. 앞으로 두 분이 잘 지도해 주세요."

황지석이 민호의 어깨를 툭 쳤다.

"민호 씨, 겸손 떨 필요 없어. 하 PD가 아무렴 대충 섭외했을까. 얼마 전에 민호 씨 액션 동영상 봤거든. 쥑이더라. 손발이 그냥 □□. 그거 입에서 낸 소리 아니잖아."

"아…… 그건, 스턴트맨과 합을 맞춘 거라."

"맞춘다고 그런 자세 뽑기 쉬운 줄 알아? 몸치는 아무리 해도 안 돼. 이 프로 다크호스는 민호 씨가 분명해."

정글 가서 야생동물과 격투를 벌일 것도 아니고, 과분한 칭찬에 민호가 머리를 긁적이는 가운데 출연진 한 사람이 더 도착했다.

"뭐야, 저 사람은. 아주 제대로 준비했는데?"

황지석의 중얼거림에 민호의 시선이 돌아갔다. 그리고 '큼' 하는 신음을 삼켜야 했다.

수통에 밧줄, 비상 공구가 들어 있는 파우치가 장착된 밀리터리 가방에 허리띠에는 소형 칼집까지 찬 상태였다. 해외 파병을 뜻하는 동명부대의 마크까지 왼쪽 어깨에 붙인 정승기의 등장에 스태프들의 시선이 일거에 집중됐다.

"반갑습니다, 정승기입니다. 잘 부탁드려요."

입구에서부터 착실히 한 명 한 명에게 인사하며 걸어오는 매너까지. 등장부터 철저히 주목을 받는 정승기를 보며 민호는 변변치 않은 오빠를 부탁하던 정승미의 얼굴이 떠오르지 않을 수 없었다.

'부탁은 무슨. 칼 한 자루 쥐여주면 혼자 열흘은 살 것 같

은 기세잖아 저거.'

출연진 곁으로 다가온 정승기가 민호를 보았다.

"오랜만입니다, 민호 씨."

"어서 와요. 프로그램 또 같이하게 됐네요."

"기획 의도도 그렇고, 저에게 안성맞춤인 것 같아서 지원했습니다. 민호 씨도?"

"저도 뭐……."

정승기는 준비 같은 건 전혀 하지 않은 듯한 민호의 아래위를 살피더니 승리의 미소를 지은 채로 고개를 돌렸다.

"정승기입니다."

"반가워요, 난 황지석."

"한소유예요."

통성명과 나이 확인을 끝낸 황지석이 만반의 준비를 하고 온 정승기를 향해 물었다.

"승기 씨, 오늘 무슨 훈련할 줄 알고 그리 갖추고 왔어? 정글 가는 건 아니잖아."

"교관님이 아무래도 특수부대 출신이라니까 평범한 훈련은 안 하겠다 싶어서요."

"그건 그렇지. 아, 나도 장비 좀 챙겨 올걸. 하다못해 맥가이버칼이라도."

정승기가 한쪽에 가방을 내려놓고 허리춤에 차고 있던 가죽 칼집을 꺼냈다.

"어? 그 택틱컬 나이프, 군용 아니야?"

"알아보시네요. 강도가 우수해서 웬만한 쇠는 그냥 자릅니다."

"가격이 백은 넘겠네. 잠깐 만져 볼 수 있어?"

황지석이 정승기에게서 손바닥만 한 칼을 넘겨받고 신기한 듯 살폈다.

"오우, 날 좀 봐. 완전 날카로운데?"

민호는 저 작은 칼이 엄청 비싸다는 말에 흘끔 보았으나 애장품의 가능성이 전혀 없었기에 금방 흥미를 잃고 고개를 돌렸다.

칼집에서 칼을 꺼내 밝은 빛에 비춰보던 황지석이 정승기에게 눈을 돌렸다.

"이것 말고 다른 것도 있어?"

"낚시용 커스텀 나이프가 있긴 한데요."

"오, 구경 좀 해보자! 가서 필요하면 나 하나만 빌려 줘."

정승기가 가방을 뒤적거려 다른 칼 하나를 꺼냈다.

"여기요."

가죽집 채로 내밀자, 황지석은 들고 있던 칼을 칼집에 얼른 갈무리하고 받기 위해 손을 뻗었다.

"그것도 비싸 보이…… 어어!"

급하게 내밀다가 원래 들고 있는 칼을 놓치고 말았다.

스태프 중에 애장품을 소유한 이가 없나 살피고 있는 민호의 앞으로 휘휘 돌며 날아가는 칼.

찌릿.

밤새 반지의 '삘'을 이용해 드라마 촬영을 감행한 터라 피곤해도 감은 그대로 살아 있었다. 민호는 무의식적으로 손을 뻗어 칼을 탁! 잡아챘다. 마치 일부러 건네준 것 같은 민첩한 반응에 실수한 황지석이 입을 벌렸다.

'응? 왜 이게……?'

민호는 손에서 느껴지는 칼자루의 촉감이 너무 익숙해 빙글 돌려 잡아 팍팍, 허공을 가볍게 찔렀다.

'오~ JB는 칼도 좀 다뤘나 봐.'

매끄럽고 절도 있게 이어지는 나이프 컴뱃 동작. 이 칼은 아마도 반지에 깃든 요원이 예전에 주로 사용했던 단검 종류 같았다. 그렇게 동작을 끝마치고 칼을 정상적으로 돌려 잡은 민호. 그것을 본 황지석이 감탄해 말했다.

"와우! 무슨 기술이야, 민호 씨?"

"기술이요?"

손에 착착 감기는 단검 손잡이의 감촉을 즐겼을 뿐인 민호는 퍼뜩 정신을 차렸다.

"스턴트 액션을 하도 연습했더니 손이 저절로 움직이네

요, 하하."

웃음으로 얼버무리는 민호에게 황지석이 바짝 다가왔다.

"칼 다루는 솜씨가 장난 아닌 거 같은데? 하나만 더 보여줘 봐. 나도 액션신 찍을 때 따라 하게."

"음, 이런 거요?"

민호는 손 위에서 칼을 자유자재로 돌리며 가상의 적 둘을 순식간에 베는 동작을 보여주었다.

"그건 너무 어려워."

"이런 건요?"

이번에는 아래로 내리그었다가 빙글 칼을 돌려 정면의 공격을 막는 동작을 연속으로 이었다.

"소유 씨 봤어? 손바닥에 칼이 붙은 거 같아."

"보긴 봤는데 너무 빨라서. 민호 씨, 한 번만 더 보여주세요."

한소유까지 관심을 두고 구경하자 카메라를 정비 중이던 VJ 하나가 촬영까지 시작했다. 민호는 칼집에 들어 있는 단검으로 몇 번 더 나이프 파이팅 동작을 선보이다 눈살을 찌푸리며 쳐다보고 있는 정승기와 시선이 마주쳤다.

'음......'

멈칫한 민호가 정승기에게 칼을 내밀었다.

"여기요, 승기 씨."

"스턴트란 말이죠?"

칼을 탁 낚아채고 날이 서 있는 물음을 던지는 정승기에게 민호는 멋쩍은 미소로 응수할 수밖에 없었다.

"네, 스턴트."

"민호 씨는 차암 끝을 알 수가 없어."

"그런가요?"

정승기의 부리부리한 눈길을 받는 것이 부담스러워진 민호는 시선을 멀리 던지고 휘파람을 불었다.

"어이쿠, 다 오셨네. 제가 꼴찌네요, 꼴찌!"

어색해하는 민호를 구해준 것은 마지막 출연자였다. 서른 중반에 풍채 좋은 몸집을 가진 남자가 스태프들 틈에서 종종걸음으로 나타났다.

"어서 오세요!"

민호가 가장 먼저 뛰어나가 남자를 반겼다.

"강민호라고 합니다."

"심광석이에요."

공 매니저의 정보에 따르면 심광석은 기상천외한 식재료에 관심이 많다는 인기 쉐프였다.

"늦었습니다, 안녕하세요!"

모두 인사를 나누는 동안 하 PD가 앞으로 나왔다.

"이제 다 모이셨네요."

하 PD가 일정을 설명하기 시작했다.

"1차 훈련을 받기 위해 이 자리에 있는 건 아실 테고, 목적지는 홍콩의 '리펄스 베이' 근방의 생존훈련 아카데미 입니다. 도착하자마자 바로 교관님과 조우해서 훈련 시작, 야간에는 섬에서 야영도 할 계획입니다."

"고생하겠어."

황지석의 중얼거림에 하 PD가 부드럽게 웃으며 말했다.

"적응 훈련이라 생각하시고 따라와 주시면 고맙겠습니다. 응급요원과 전문가들이 항시 대기 중이니 안전 걱정은 안 하셔도 됩니다."

계속된 설명 와중에 큰 배낭을 짊어지고 온 심광석이 물었다.

"PD님. 저녁에 따로 요리해도 됩니까? 거기 야시장에 특이한 재료 장난 아니게 많거든요."

"글쎄요, 일정상 시간이 날지 모르겠네요."

"빡빡하게 굴지 말고 융통 좀 해 줘요. 다 같이 먹고 살자고 촬영하는 건데."

서글서글하게 웃는 심광석의 말에 하 PD는 고려해 보겠다고 고개를 끄덕였다. 배낭의 결속을 풀어 발밑에 내려놓은 심광석이 말했다.

"그런데 나만 이렇게 한짐 들고 왔나 봐."

민호만이 단출한 백팩을 메고 있을 뿐, 나머지는 배낭을

카트에 실어둔 상태였다. 민호는 그 사실을 말해 주려다 막 배낭을 연 심광석을 보고 눈이 반짝였다.

"다 처음 보는 사람들이라 맛난 것 좀 해주려고 잔뜩 싸왔는데, 이거 PD님이 허락 안 하면 말짱 황 되겠어."

"심 쉐프님, 그 식칼 말인데요."

"이거요?"

민호는 은은한 빛이 어려 있는 심광석의 식칼을 보고 속으로 쾌재를 불렀다.

많은 전문가 틈에서도 활용 1순위급인 요리 전문가의 칼. 가뜩이나 드라마에서 쉐프 역할까지 하는 와중에 여러모로 탐나는 애장품이 아닐 수 없었다.

심광석은 민호의 관심 어린 시선이 자신의 칼을 향해 있는 것을 보고 웃으며 말했다.

"정글 가서 아무거나 잡아 오기만 해요. 내가 이걸로 샥샥 해체해서 맛있는 거 만들어줄 테니."

"네, 쉐프. 뭐라도 최대한 많이 잡아 올게요."

친해질 시간은 충분했다. 게다가 나중에 정글까지 함께 한다는 것이 민호를 더욱 불타오르게 만들었다.

하 PD가 외쳤다.

"출발하겠습니다! 수속 밟으신 분들은 안쪽 보안 검색대에서 기다려 주세요!"

이동이 시작되자 민호는 심광석에게 다가가 다시 한 번 꾸벅하고 머리를 숙였다.

"앞으로 잘 부탁합니다, 심 쉐프님. 그리고 말씀 편하게 하세요."

"민호 씨 나이가 어찌 되지?"

"스물넷이요. 가방 제가 들어 드릴게요. 탑승수속 하셔야죠."

"어유, 고마워. 민호 씨 사근사근하니 성격 좋구만."

"형님 인상이 친근해서 그런가? 막 옆에 있고 싶어지고 그러네요, 하하!"

애장품을 옆에 두면 친화력이 수직 상승하는 민호. 그런 민호를 아까부터 물끄러미 지켜보고 있던 정승기는 속으로 혀를 찼다.

아무렇지도 않게 칼 다루는 것을 보여줘 자신에게 몰렸던 스태프들의 주목을 빼앗은 건 그렇다 쳐도, 뭐가 그리 좋은지 심광석 옆에 찰싹 달라붙어 있는 모습은 의문점 투성이었다.

그래도 단단히 대비하고 온 이상, 실전에 들어가면 자신은 있었다.

"황지석 선배님, 같이 가요."

정승기는 출연진들을 분석해 온 정보를 따라 황지석 옆에 섰다. 한소유야 홍일점으로 따라왔을 뿐이고, 저 심광석 쉐프는 겉보기에도 둔해 보이는 것이 퍼지기라도 하면 짐이 될 것이 분명했다.

따라서 정글에 가면 실질적인 힘이 될 것은 황지석뿐이었다. 각종 스포츠로 단련된 체력에 야생에 대해서도 어느 정도 알고 있는 눈치. 함께 다니기엔 더없이 좋은 파트너였다.

'이번은 달라. 반드시 강민호보다 주목을 받겠어.'

정승기는 다짐하고 또 다짐했다.

「30시간 전」─홍콩 상공.

─손님 여러분, 우리 비행기는 곧 홍콩 국제공항에 착륙하겠습니다. 좌석 등받이와 테이블을 제자리로 해 주시고, 좌석벨트를 매주십시오.

기내 방송과 함께 기절하듯 잠에 빠져 있던 민호가 눈을 떴다. 3시간 50분의 비행. 망망했던 바다는 어느새 사라지고 비행기의 창밖으로 남중국해의 섬들이 보였다.

"하아암."

크게 기지개를 켠 민호는 주위를 두리번거려 출발 전에 새로이 사귄 형님, 심광석을 찾았다. 중앙 쪽 좌석에 앉아서 약간은 큰 머리를 꾸벅거리며 졸고 있었다.

'오늘 느낌 좋아~'

조바심을 낼 필요는 없었다. 고정프로를 같이하게 된 이상 활용해 볼 기회는 숱하게 찾아올 테니까.

잠시 후, 약간의 진동과 함께 비행기가 공항 활주로에 안착했다.

"'맨 앤 정글' 관계자는 입국장 3번 홀에서 대기해 주십시오!"

하 PD의 외침을 들으며 민호는 비행기 밖으로 나와 입국 심사대로 향했다. 곳곳에 한자로 된 표지판이 자리해 있고, 여기저기에서 시끌벅적한 광둥어가 들려온 통에 중국 땅이란 것이 확 실감 났다.

『방문 목적은?』

입국 심사원의 물음에 '관광과 촬영'이라는 대답을 영어로 하고 나니 여권에 도장이 빵 찍혔다.

심사를 끝낸 민호는 컨베이어 벨트 주위에서 수하물을 기다리는 스태프 사이에 섰다. 그리고 나름 연예인인데 일반인에게 초췌한 얼굴을 보일 수 없어 모자를 푹 눌러쓰고 김 코디마냥 선글라스도 착용했다.

"형님, 이쪽이에요."

민호는 함께 나온 심광석에게 가방이 나오는 곳을 가리켰다. 그리고 공 매니저와 김 코디가 어디에 있나 찾아보았다.

이제야 입국 심사대 앞에 줄을 선 것이 보였다.

'여긴 정신없으니 밖에 가서 옷을 받아야겠어.'

심광석만 챙겨 입국홀로 나가는 인파 뒤에서 줄을 섰다. 그렇게 앞으로 나가다 유리창 밖의 풍경을 본 민호는 흠칫 놀랐다.

나가는 길을 제외한 대기 라인에 사람들이 잔뜩 몰려 있던 것이다. 옆에서 걷던 심광석도 밖을 보며 눈이 커졌다.

"민호 아우, 뭔 사람이 저리 많대?"

"글쎄요."

민호는 혹시나 하는 심정으로 출국 전 들은 공 매니저의 말을 떠올렸다. 중국 진출이니, 인기가 상승 중이니 했던.

'설마 이 몸이 온다는 소식이 퍼져서?'

이런 낯 뜨거운 이유는 차마 심광석에게 얘기할 수가 없었다.

민호는 설렘 반 기대 반으로 서둘러 입국홀로 걸어 나왔다. 모자와 선글라스를 팬들이 알아볼 수 있게 벗어야 하는 거 아닌가 하는 행복한 고민을 하고 있는데, 많고 많은 사람 중에서 자신 쪽을 주시하는 이가 아무도 없다는 것을 깨달았다.

"아니었나? 에휴, 그러면 그렇지."

민호의 한숨에 심광석이 '응?' 하고 고개를 돌렸다. 민호는 별일 아니라는 미소를 지으며 하 PD가 대기하라고 했던 3번 출구를 가리켰다.

"저깁니다, 형님."

"민호 아우 때문에 편하게 나오네. 고마워."

"뭘요."

민호의 뒤를 이어 '맨 앤 정글' 스태프들도 속속 걸어 나왔다. 이들도 입국홀에 몰려 있는 사람들을 보며 놀란 눈치였다.

"저 사람들 뭐래?"

"헐리웃 배우가 들어온다나 봐. 입국 심사 줄에 있는 거 봤는데 경호원 숫자도 장난 아니더라."

"헐리웃?"

"얼굴은 마스크 때문에 못 봤지만 포스가 남달랐어."

헐리웃 스타라는 말에 민호의 고개가 돌아갔다. 이럴 줄 알았으면 안에서 조금 늦게 나와 스타 얼굴이라도 볼 것을.

후회는 이미 늦었다. 민호는 중화권 예비 스타의 체면이라도 지키고자 다른 출연진이나 스태프처럼 다시 안을 기웃거리는 행동은 하지 않았다.

"나 봤어!"

황지석이 걸어 나오며 소리쳤다.

"대박! '레아 테일러'야!"

"진짜요?"

"어디 어디?"

스태프들이 웅성거렸다. 민호는 헐리웃 영화 중에서도 대작만 찍는 정말 유명한 배우라는 것을 듣고 그도 모르게 까치발을 딛고 안을 살폈다. 체면이고 뭐고, 평생 한 번 마주치기 어려운 배우의 실물을 언제 또 보겠는가.

VIP 전용문이 열리고 검은 정장의 경호원들이 먼저 앞으로 걸어 나왔다. 민호는 꺅꺅거리는 소리가 한국이나 홍콩이나 다를 바 없음을 확인하며 뒤이어 걸어 나온 헐리웃 대스타의 위용을 두 눈으로 확인했다.

'바비인형 같아.'

레아가 환호하는 팬들에게 손을 흔들었다. 백인이라 그런지 유난히 더 피부가 하얗고 투명했다. 두툼한 코트를 걸치고 있어 몸매는 확인할 수 없으나 영화 속 그녀의 비키니를 본 적 있는 까닭에 머릿속에서는 자동으로 연상되어 버렸다.

"Lea! Lea! Sign please!"

"Zhàopiàn!"

난리가 나서 다가서려는 팬들 사이로, 경호원을 동반한 레아의 대이동이 시작됐다.

"Zhàopiàn ok?"

사진 한번 같이 찍어 보겠다고 뛰어들던 극성팬이 경호원의 손에 퍽 하고 밀려났다. 경호원은 팬들이 물러서게 밀어대고, 사람은 꾸역꾸역 자꾸만 몰려드니 공항 입국홀은 삽시간에 도떼기시장화 되어버렸다.

'이쪽으로 나오잖아?'

민호는 가만히 있다간 레아 팬 무리에 휩쓸릴 것 같아 옆 게이트를 가리켰다.

"형님, 일단 저쪽으로 이동하죠."

"그럴까? 와, 근데 저 사람 진짜 예쁘다. 레아 뭐라고?"

"레아 테일러요."

민호는 심광석과 함께 2번 게이트 기둥 쪽에 바짝 붙어 사태를 지켜보았다. 입국홀으로 갓 걸어 나온 정승기가 몰려든 사람들 때문에 오도 가도 못하고 있는 모습이 보였다.

'쯧, 좀 이따 나오지.'

민호는 그러다 익숙한 주황색 잠바 하나가 레아의 팬들 틈에서 손을 허우적거리고 있는 것을 발견했다.

"어라?"

"왜, 민호 아우?"

"제 코디가 저기 있어요."

"저런, 짜부됐겠네."

김 코디는 어떻게든 무리 밖으로 빠져나오려고 시도 중이었으나 그보다 더한 열정으로 달려들고 있는 팬들에게 치여

비명을 질러대는 중이었다.

'으이그.'

민호는 그냥 두고 볼 수 없다는 생각에 심광석에게 백팩을
벗어 내밀었다.

"코디 구출해 올 테니 가방 좀 맡아 주세요, 형님."

"그래, 조심해."

그냥 비집고 들어갔다간 꺼내올 수 없을 것 같아 일단 점
자시계를 터치했다. 손끝의 감각으로 사람들 사이사이 비교
적 파고들기 쉬운 곳을 노렸다.

밀릴 것 같으면 흐름을 타고 옆으로 요령 있게 움직이길 1
분여. 김 코디의 뒷덜미를 붙잡는 데 성공했다.

"시완아."

"민호 혀엉~"

김 코디는 민호의 팔을 붙잡고 한시름 덜었다는 표정을 지
었다가 안색이 변해 말했다.

"도윤이 형이 짐을 갖고 나오다 더 앞으로 휩쓸려 가셨
어요."

"공 매니저님이?"

민호는 청력을 집중했으나 사람들의 소음이 너무 많이 들
려 도저히 공 매니저의 목소리를 찾을 수가 없었다. 그 때문
에 먼저 김 코디를 바깥쪽으로 밀어내며 말했다.

"2번 게이트 기둥 쪽에 붙어 있어. 광석 형님도 계시니까."

"네, 형."

다시 사람들 틈을 비집고 안으로 들어갔다.

"공 매니저님! 어디 계세요!"

민호의 외침은 팬의 목소리에 묻혀 사라졌다.

『레아! 내 선물을 받아줘요!』

『제 것도!』

『사랑해요, 레아!』

레아를 둘러싼 경호원의 벽을 팬들이 두텁게 에워싼 터라 3번 게이트가 아수라장이 되어갔다.

민호는 고개를 이리저리 돌려 공 매니저를 찾다가 등 뒤에서 그를 밀치려는 팬 하나의 팔을 감지했다.

찌릿.

그도 모르게 몸을 돌려 팔을 붙잡아 꺾어 버렸다.

『아파!』

"헐, sorry."

알아듣지 못할 광둥어로 욕을 내뱉는 상대에게 민호는 즉시 사과했다. 이대로는 안 되겠다는 생각에 회중시계를 꺼내려는데 이번에는 정면에 있던 경호원이 "Back off!"를 외치며 민호를 강하게 밀치려 했다.

탁!

혼란의 와중에 경호원의 손목을 낚아챘다.

『오해 마세요, 저는 팬이 아니라…….』

영어로 설명하는 도중, 경호원이 인상을 쓰며 비키라고 민호의 가슴을 팔꿈치로 가격하려 들었다. 그러나 얻어맞기 전에 요원의 감각이 먼저 반응해 버렸다.

파박!

민호의 손바닥에 명치와 목 아래의 급소를 가격당한 경호원이 '컥' 하는 짧은 신음과 함께 뒤로 비틀했다.

'이크.'

민호는 비몽사몽 정신을 못 차리는 경호원의 팔을 붙잡아 다시 일으켜 세워 팬들을 향한 벽에 밀어 넣었다. 그리고 사람들을 피해 공간에 여유가 있는 곳으로 몸을 움직였다.

"Excuse me."

졸지에 경호원이 친 1차 벽 안쪽으로 파고들어 버린 민호는 에라 모르겠다 시야가 확보된 곳에서 공 매니저를 찾기 시작했다.

공항의 경호원과 개인 경호원이 겹겹이 둘러싸고 있는 틈에서 레아가 '뭐지?' 하는 눈길로 민호를 바라보았다. 민호는 모자를 살짝 들어 인사하며 재빨리 주위를 살폈다.

'찾았다! 저기 계시네.'

반대편에서 짐을 사수한 채 밀려 나가고 있는 공 매니저의 뒷모습을 발견했다. 한 번 더 경호원의 벽을 뚫고 나서려던 찰나, 찰칵 하는 권총 장전 소리에 민호의 귀가 쫑긋했다.

안쪽의 경호원 중 하나가 자신을 겨누고 있음을 직감한 민호가 두 손을 들며 빠르게 말했다.

『오해 마세요! 밀려들어 온 거니…….』

총을 빼앗거나 하지 않도록 요원의 감을 자제시키며 상대를 확인한 민호의 눈이 휘둥그레졌다. 선글라스를 착용 중이라 상대는 민호의 당황을 알아채지 못하고 물었다.

『왜 경호원을 공격했지?』

『블레이크?』

민호의 반문에 이번에는 상대방이 급격히 당황했다.

갈색 머리에 푸른 눈동자를 가진 CIA의 아리따운 정보요원이 놀란 표정으로 무전 수신기에 대고 속삭였다.

-2급 경고 상황. 내 정체를 알고 있는 신원 미상의…….

민호는 다급히 선글라스를 코끝까지 내리고 말했다.

『블레이크. 이 얼굴 기억나요?』

『아……. 미스터 M?』

경호원 복장의 블레이크가 경황이 없는 가운데서도 반가운 기색으로 민호를 직시했다.

『무슨 작전 중인지는 모르겠는데 CIA랑 아무 상관없는 이유로 여기 있는 거니까 신경 쓰지 마세요. 그럼.』

이 말을 남긴 민호는 경호원 뒤로 휙 들어가 순식간에 사람들 틈으로 진입했다.

『기, 기다려요!』

유럽에서 활동해야 할 그녀가 갑자기 톱스타의 경호원이 되어 홍콩에 나타난 이유는 잘 몰라도, 민호는 깊게 마주치지 않는 것이 옳다는 판단에 재빨리 자취를 감췄다.

─지금 보고는 정정한다. 현재 레아는 3번 게이트로 이동 중이며, 특별한 문제는 없다. '마운틴 베어'의 접촉은 어떻게 됐는지…….

점자시계로 증가한 청력이 블레이크의 속삭이는 듯한 보고 내용을 그대로 전해 주었다. 더 자세한 건 비숍의 지식이 있어야 파악할 수 있겠지만, 자신에게 중요한 일은 아니라는 생각에 민호는 곧장 공 매니저에게 다가갔다.

"매니저님."

"민호 씨! 휴우."

공 매니저가 민호의 얼굴을 확인하고 십 년 감수한 표정으로 손을 붙잡았다.

「29시간 전」─센트럴, 리펄스 베이.

급이 다른 헐리웃배우의 등장으로 난장판이 된 공항을 가까스로 빠져나온 '맨 앤 정글' 팀은 여러 대의 버스에 나눠 타

이동을 시작했다.

민호는 선두의 버스에 탑승해 창밖의 풍경을 감상하며 홍콩인만의 애장품은 없을지 유심히 살폈다. 막연히 상상만 해왔던 홍콩의 번화가 '센트럴'은 서울의 중심부를 연상케 할 만큼 세련된 초고층 빌딩이 즐비했다.

그 와중에 지나친 조그만 공원 안.

태극권 같은 것을 수련 중인 노인에게 시선이 머문 민호는 '오!' 하는 탄성을 내질렀다.

노인은 은은한 빛이 나는 남색 도복을 걸치고 있었다. 목구멍에서 당장에라도 '기사님, 여기서 세워주세요!'가 튀어나올 뻔했으나, 사정상 후일을 기약하며 위치만 기억해 두고 참았다. 지금은 바로 옆, 귀한 애장품을 소유한 쉐프 심광석에게만 신경을 쏟아 부어도 모자랄 시간이었다.

"광석 형님, 목 안 마르세요?"

민호는 버스에 타기 전에 공 매니저에게 받았던 음료수를 떠올리고 백팩에서 한자가 쓰인 병 두 개를 꺼냈다.

"뭔지는 모르겠는데, 기력 회복하는 데 도움이 될 거라고 매니저님이 주셨어요."

"그래?"

한자를 확인한 심광석이 말했다.

"제비집이라고 쓰여 있네. 중국인들은 제비집을 갈아 꿀을 타서 마시기도 하지. 몸에 좋아."

"아……."

"아무튼, 귀한 거 잘 마실게, 땡큐. 민호 같은 아우가 옆에 있으니 외국 나와서도 호강하네."

사이좋게 하나씩 뜯어 마시며, 민호는 마치 연예시뮬레이션 게임의 호감도에 '+1'을 더한 기분에 휩싸였다.

자꾸 호감을 늘리다 보면, 임소희 사장처럼 언제든 애장품을 빌려볼 수 있는 관계까지 진전할지도 몰랐다.

"휘유~ 건물 높이 쥑이네. 홍콩은 외곽도 땅값 장난 아니라지?"

황지석의 중얼거림에 한소유가 고개를 끄덕였다.

"이 지역에서 활동해 본 모델 친구 말이, 닭장 같은 방이 한 달에 200 정도 한데요."

"화려하긴 해도 막상 살 만한 곳은 못 돼, 글치?"

"돈 많으면 모르죠. 명품 천국이잖아요."

"에이, 소유 씨. 돈 많으면 어딘들 재미없겠어? 이런 데 빌라 하나 딱 사두고 오며가며, 얼마나 좋아. 비싼 월세 놓아서 돈도 벌고."

한국사람 둘 이상이 모이면 한 번은 꼭 한다는 부동산 관련 대화를 나누는 두 사람 옆에서, 정승기는 휴대폰으로 오늘의 목적지로 알려진 생존 아카데미 사이트에 접속해 정보를 검색하는 중이었다.

[서바이벌 체험 스쿨 '와일드 울프'에 오신 것을 환영합니다.]

우람한 알통을 자랑하는 근육남의 미소와 함께 사이트 대문이 떠올랐다. 체험 프로그램 설명을 클릭해 보던 중, 근육남이 오늘의 교관인 '드웨인 스틸웰'이란 것을 파악했다.

영어에 출중한 정승기답게 바로 창을 열어 외국 검색엔진에 이름을 넣었다. BBC의 다큐에도 출연한 경력이 있는, 실제 SAS의 훈련 교관 출신이었다.

'파병 경험을 살리기 좋겠어.'

정승기는 앞좌석의 민호를 흘끔 본 뒤 창밖으로 시선을 돌렸다. 프로그램 강도를 보아하니 편안하게 웃고 있을 시간은 지금뿐, 곧 저 얼굴이 고통으로 일그러지는 걸 볼 수 있으리라.

구불구불한 2차선 도로를 따라 깎아지른 듯한 절벽을 스쳐 지나길 20분여. 차창 밖으로 탁 트인 순백의 모래사장이 모습을 드러냈다.

넘실대는 파도 너머로 별장 같은 호화 주택군이 곳곳에 자리한 이곳은 홍콩의 부촌 중 하나라는 '리펄스 베이'였다.

버스가 모래사장 외곽의 주차장에 멈춰 섰다. 문이 열리고 하 PD가 올라섰다.

"도착했습니다. 짐은 놔두시고 각자 활동하기 편한 복장으로 나오세요. 현재 오후 1시 45분이니, 2시까지 방파제 바위 앞에서 모이는 것으로 하겠습니다."

황지석이 밖을 살피며 말했다.

"경치 좋은 데서 구르겠어. 소유 씨는 수영복인가? 서얼마, 비키니?!"

"꿈 깨시죠."

"흠흠. 뭘 그런 눈으로 봐. 나는 아무렇지도 않은데 우리 혈기왕성한 젊은 친구들이 방해받을까 봐 물어본 거지."

한소유는 재킷을 벗은 뒤에 수영복이 아닌 몸에 착 달라붙은 레쉬가드를 드러내며 볼 테면 보라는 듯, 한 바퀴 돌아 보였다. 황지석이 고개를 흔들었다.

"그거 우리나라에 유행시킨 친구는 벌 좀 받아야 해. 자외선 차단에는 선크림이지, 선크림!"

그러나 한소유가 본래 가진 볼륨감은 살아 있었기에 황지석은 남몰래 감탄사를 내뱉었다.

이미 공항 앞에서 김 코디의 추천으로 물이 잘 빠지는 재질의 야외 활동복으로 갈아입은 민호는 다른 문제보다 어떤 유품을 들고 갈지가 고민이었다.

'물에 들어가는 건 확실하니까 젖어서 망가질 법한 물건은 안 돼.'

결국, 유품 주인들이 가진 성향 중에 가장 죽이 잘 맞는 반지만 착용했다. 이제는 본연의 기억 능력보다 감을 활용할 때 더 자주 쓰이는 기특한 유품이었다.

　'그나저나 JB가 서바이벌 쪽도 감이 있을까?'

　민호는 밖으로 나서며 호리병도 챙겨 물통 삼아 허리춤에 묶어 두었다. 이건 혹시나 지칠 경우 발효액을 마셔 조금이라도 체력을 회복할 용도였다.

　버스에서 내려서니 이국적인 풍광을 자랑하는 해변 휴양지의 모습이 더 확연히 눈에 들어왔다. 거기에 가을이라 쌀쌀해진 한국과는 달리 홍콩의 햇살은 후덥지근했다.

　"날씨는 적당해."

　민호는 모래사장의 끝, 큰 바위 앞에 꽂혀 있는 '맨 앤 정글' 깃발로 걸어가며 오늘 온다던 외국인 교관을 찾아 주위를 두리번거렸다.

　'어디 있는 거지?'

　애장품을 소유한 상대라면 더할 나위 없이 좋을 터. 그렇게 고개를 돌리다 각 잡힌 밀리터리 장구류를 착용한 정승기와 눈이 마주쳤다.

　"전쟁 나가요?"

　"서바이벌이니까. 그러는 민호 씨야말로 너무 단출한 거 아닌가?"

윤기가 잘잘 흐르는 신형 X반도에 검은 수통과 군용 나이프, 이마에는 땀 흡수에 좋은 멀티 스카프까지 질끈 동여맨 정승기와 어디 나들이라도 가듯 얇은 등산복에 허리춤에 호리병만 달랑 차고 있는 민호의 모습이 백사장 위에서 대비됐다. 그리고 그것은 방파제 위에서 본격적인 촬영 세팅을 끝낸 원거리 전용 카메라에 고스란히 담겼다.

깃발 앞에 먼저 도착해 있던 심광석이 다가오는 두 사람을 보고 피식 웃었다.

"뭔가 빠릿빠릿한 상병과 말년 병장 느낌 같어."

"그래요?"

민호도 같이 웃었으나 정승기는 눈인사만 하고 곧장 황지석 옆으로 다가가는 것으로 관심 없음을 표시했다.

"민호 아우. 2시 다 돼가는데 아무도 안 와. PD 양반도 없고. 설렁설렁 진행할 건가 봐."

"곧 오시겠죠. 그런데 형님, 식칼은 안 들고 오셨……."

부아아앙!

대화 도중, 바다 쪽에서 제트 스키 한 대가 굉음과 함께 물살을 가르며 접근해 왔다. 민호와 심광석은 제트 스키를 운전 중인 거구의 외국인에게 시선이 고정됐다.

야성적인 가슴근육을 뽐내고 있는 마흔 중반의 사내.

물보라를 일으키던 제트 스키가 방파제의 간이 선착장 근처에서 멈췄다. 모두의 관심을 끈 사내가 깃발 쪽으로 걸어오는 사이, 어느새 다가온 하 PD가 외쳤다.

"교관님 오셨네요. 모두 좋은 체험 하십시오! 다들 영어 어느 정도 하시니, 원활한 진행을 위해 이해 안 되는 상황에서만 통역을 요청해 주시고요."

민호는 VJ 몇 명을 제외하고 멀찌감치 서 있는 제작스태프를 보며 어떤 식으로 촬영할지 짐작이 가지 않아 하 PD에게 물었다.

"훈련과정 전부 촬영하는 건가요?"

"그럼요. 조금 있다 저쪽에 드론도 띄울 건데요."

하 PD의 손가락 방향이 바다 쪽인 것에 듣고 있던 다른 이들은 불안한 표정을 지었으나, 민호는 어쨌든 저녁까지 심광석 뒤만 졸졸 따라다닐 생각이었기에 별생각 없이 고개를 끄덕였다.

"잘 촬영해 주세요. 제 매니저님께 들은 건데, 하 PD님이 제작한 영상은 전부 화면이 끝내준다고 하더라고요."

"그거야 카메라 감독님과 출연자 덕분이죠. 그럼, 다들 훈련 잘 받으세요~"

하 PD가 물러나고, 뚜벅뚜벅 선착장에서 걸어온 교관이 모여 있는 다섯의 출연자를 향해 입을 열었다.

"Hi, I'm Dwayne stilwell."

이름을 밝힌 교관이 깃발 앞에 섰다. 상체에 러닝만 착용해 어깨에 드러난 늑대머리 문신과 위압적인 눈매에 출연진 전부 숨을 죽이고 그에게 시선을 집중했다.

『지금부터 단계별 체험을 실시하겠다. 다들 날 편하게 '울프'라 부르도록. '가이드' 앞으로.』

울프가 손짓하자 출연진 뒤편으로 군청색으로 복장을 통일한 남자 넷과 여인 하나가 자리했다.

『'서바이벌'은 대비다. 비상시에 준비가 제대로 되어 있고, 빠르고 단호히 대처한다면 생존 가능성이 커지지. 그리고 그 대비의 가장 기초적인 과정은 여러분의 몸부터 시작된다. 체험 1단계는 '재난 상황에서 즉각 이동'이다.』

울프가 호루라기를 불자 뒤편의 가이드들이 백사장에 20m의 거리가 벌어진 선 두 개를 그었다.

『각자 가이드 옆에 서서 따라갈 수 있는 만큼 따라가 보도록.』

'빕 테스트'라 불리는 왕복 달리기를 준비하는 가이드 옆으로 출연진도 자리를 잡았다. 삑, 하는 호루라기 신호와 함께 가볍게 달리기 시작한 가이드들. 정승기는 기민하게 반응해 바로 따라갔고 뒤를 이어 황지석과 한소유가 달려 나갔다.

민호는 굼뜨게 반응해 이제 조깅할 자세를 취하기 시작한 심광석을 향해 '형님, 힘내세요'라는 눈빛을 쏘아 보낸 후 그

대로 뛰었다. 그렇게 15초 정도의 시간을 두고 1차 왕복이
끝났다.

다음 신호에 가이드들이 또다시 뛰기 시작했는데 이번에
는 속도를 조금 더 올렸다. 3차와 4차가 진행되자 다시 속도
가 올라 서서히 조깅에서 질주로 변해갔다.

"허억, 허억. 시작부터 왜 이래? 이건 무슨 훈련이야?"

옆에서 뛰던 황지석은 서서히 거리가 벌어지는 가이드의
등에 손을 뻗었다. 심광석은 처음부터 느렸고, 황지석도 페
이스가 떨어지자 가이드 옆을 바짝 따라가며 페이스를 유지
하는 건 세 사람밖에 없게 됐다.

삑!

민호는 6차 왕복이 되자 거의 10초 내에 모래사장 20미터
를 왕복하는 전력질주로 변했음을 파악하고 호흡을 최대한
유지했다. 7회 왕복이 됐을 때 한소유가 버티지 못하고 가이
드와의 거리를 벌렸다. 이미 걷다시피 하고 있던 황지석이
민호와 정승기를 보며 혀를 끌끌 찼다.

"뭐야, 두 사람은 청춘 드라마 찍어? 아주 날아다니는구만."

그렇게 10회째 왕복에서 민호는 숨이 가빠 질주를 멈췄다.

"하아, 하아. 으, 죽겠네."

매섭게 달리고 있던 정승기가 민호쪽으로 고개를 흘깃 돌
리고 씩 웃었다.

5분 뒤.

모두가 12회 왕복을 끝내자 울프가 손을 들어 정지를 알렸다.

『그만. 가이드와 똑같이 뛴 사람은 바로 출발. 그다음은 순차적으로 2분의 시간을 두고 출발하겠다. 3단계까지 모두 끝났을 때 가장 먼저 체험을 완수한 사람에겐 밤의 생존지점 캠핑에서 유용한 물건을 하나 선택할 수 있는 이득을 주겠어.』

경쟁 심리를 자극하는 말이었으나 민호는 죽을힘을 다해 참여할 만큼의 보상은 아니라는 생각에 심드렁한 표정이 됐다.

『가장 마지막으로 체험을 완수한 이에게는 아무 물품도 지급하지 않겠어. 간밤에 추위와 배고픔에 고생 좀 할 거야.』

그러나 울프의 마지막 말은 모두의 발등에 불똥이 떨어지게 만들었다.

"이 양반아, 고생시키면 먹을 건 줘야지! 통역! 이 말 좀 제대로 전해 줘요!"

심광석이 반발해 외쳤으나 저 멀리 스태프들 틈에 서 있던 통역이 손사래를 쳤다.

"형님, 혹시 꼴찌 하시면 제 거 나눠드릴게요."

"민호 아우, 그럴 필요까진 없어."

"아녜요."

민호는 설령 자신이 굶더라도 반드시 그래야 한다고 속으로 다짐했다. 애장품을 소유한 전문가는 아주아주 소중하니까~!

가이드가 정승기에게 날렵해 보이는 구명슈트를 입히더니 바로 바다를 향해 뛰어들었다. 정승기도 뒤를 따라 바다 수영을 시작했다. 민호는 저 멀리 부표 근처에 카약이 여러 대 떠 있는 것을 보고 대강의 진행을 이해했다.

하늘 위로 드론이 솟아올랐다. 바다 위로 일직선을 그으며 헤엄쳐 가는 모습이 카메라에 고스란히 담길 터.

'어쨌거나 중간 이상은 가겠지.'

2분 뒤, 왕복 달리기 2등인 민호에게도 구명슈트가 전달됐다.

카약이 위치한 곳까지의 수영은 녹록치 않았다. 반지에 깃든 요원의 감이란 것도 순간적인 민첩함을 요하는 움직임에서나 효과가 좋을 뿐, 순수한 근지구력이 필요한 상황에서는 한계가 분명했다.

생존이란 것이 대부분 처절함을 동반하기에 폼을 잡는 것 우선인 요원의 성향상 확실히 도움 될 거리가 없었다.

'진작 운동 시작할걸.'

어쩌면 이 체험은 정글에 들어가 겪을 수 있을 법한 극한의 상황을 맛보는 시간일지도 모르겠다는 생각이 들었다.

그렇게 10분 정도를 헤엄쳤을까?

민호는 잠시 멈춰 호리병을 열고 발효액을 섭취했다. 당장 가쁜 호흡이 진정된 것은 아니지만, 몸 안에 따뜻한 기운이 감도는 것이 어느 정도의 기력은 회복된 느낌이었다.

첨벙, 첨벙-

그사이 바로 옆을 상당한 스피드로 지나가는 인원이 있었다. 민호는 그것이 2분 늦게 출발한 한소유임을 확인하고 움찔했다. 수영선수라더니 약간의 부력을 줘 편하게 물에 떠 있을 수 있게 해주는 구명슈트조차 걸치지 않았다.

뒤를 보니 황지석은 물론이고 심광석까지 상당히 거리를 좁힌 상태였다. 두 사람 다 달리기는 몰라도 수영은 꽤 하는 모양이었다.

'이러다 꼴찌 하겠어.'

민호는 얼른 한소유의 뒤를 따라 카약이 있는 곳까지 열심히 헤엄쳐 나갔다.

60.
미션 파서블 : 마카오 로얄 (3)

「27시간 전」–리펄스 베이, 해변가.

카약킹에 이은 절벽 밑 동굴에서 잠수, 암벽을 오르는 짧은 등반과 야산에서 처음 위치까지 장거리 경보를 한 끝에 2시간에 걸친 1단계 체험이 끝났다.

"하아, 하아."

민호는 가까스로 3위를 지킨 채 처음의 모래사장에 털썩 엎어졌다. 1단계 최종 순위는 정승기가 1위, 수영과 잠수에서 발군의 능력을 선보인 한소유가 2위, 카약과 등반에서 고르게 활약한 황지석이 4위였다.

'절대적인 능력은 아무리 열심히 해도 커버가 힘들구나.'

그나마 계속 발효액을 복용해, 약간의 피곤이라도 가시는 것이 천만다행이었다.

"으어억."

마지막으로 비틀거리며 해변가에 도착한 심광석이 묵직한
배를 출렁이며 민호의 옆에 퉁 주저앉았다.

"형님, 괜찮으세요?"

"민호 아우. 나 죽거든 우리 레스토랑 식구들한테 편지 전
해줘……."

"이거라도 마셔요."

호리병을 내밀자 심광석이 물을 꿀꺽꿀꺽 마셨다.

"물통 특이하네."

"제가 옛것을 좋아라 해서요."

"암튼 또 고마워."

"별말씀을."

반나절 만에 사선을 함께 경험한 돈독한 사이가 됐음을 확
신한 민호는 슬쩍 운을 띄웠다.

"형님, 이따 밤에 요리하시게 되면 옆에서 도와도 되죠?"

"그럼, 그럼."

"그 쉐프만의 전용 칼을 사용해 봐도 되나요?"

"맘대로 해."

'역시나.'

민호는 속으로 회심의 미소를 흘렸다.

가이드와 출연진이 전부 도착하자 울프가 나타났다.

『20분간 휴식. 2단계는 간이 선착장에서 시작한다.』

『교관님.』

민호가 손을 들어 올렸다.

『뭐지?』

『생존 체험이란 것이 단순히 체력이 뛰어난 순서로 1등과 꼴찌가 나오는 시스템은 아니죠?』

『강한 체력이란 건 생존에 필수 불가결한 요소 중 하나임은 분명하지.』

『그렇군요.』

어째 심광석과 나란히 꼴찌를 다퉈야 할지도 모르겠다는 생각을 하는 찰나, 울프가 주머니에서 무언가를 꺼내 손에 들었다.

『그러나 때로는 천운으로 생존할 때도 있어. 이거 보이나? 여기 총알 박힌 거.』

울프가 손에 쥔 지포 라이터를 흔들었다.

『복무 시절에 때마침 이게 막아줘서 목숨을 구했지.』

『오오! 매우 잘 보입니다!』

다 죽어가던 민호의 목소리가 난데없이 우렁차게 해변을 울리자 울프는 픽 웃었다. 그리고 은은한 빛이 어린 지포 라이터를 갈무리했다.

『다음 단계는 체력보다는 생존 기술에 관련된 체험이니 그렇게 긴장 안 해도 돼.』

『명심하겠습니다!』

『패기 있는 건 좋아. 힘든 상황에서도 정신력이 뛰어나면 생존 가능성이 증가하지.』

울프는 군인 출신답게 남자다운 체험자에게 호감을 느끼는 듯했다. 그러고 보니 2시간 체험 내내, 특수부대원처럼 차려입은 정승기를 볼 때마다 기특함이 어린 시선을 보냈다.

'어떻게 빌려 본다?'

민호는 지포 라이터가 자취를 감춘 울프의 주머니에서 쉽사리 눈을 떼지 못했다. 민호의 호기심 어린 눈길이 떠나질 않자 울프가 잡담을 건네 왔다.

『참, 오늘 홍콩에 레아 왔다는데 자네들 혹시 봤나?』

『같이 입국했습니다.』

『정말? 실물 어때?』

『진짜 예쁘더라고요. 레아 팬이신가 봐요?』

『뭐…… 영화가 재밌잖아.』

굵은 팔뚝을 긁적거린 울프는 머쓱했던지 자리를 피했다.

민호는 레아에게 가까이 접근했던 김에 사진이라도 찍어 둘 것을 하고 뒤늦은 후회를 하다 2시간 전에 들었던 울프의 말을 떠올렸다.

'3단계까지 체험 후에 1위를 하면 원하는 물품을 빌려준다고 했던가?'

자리에서 벌떡 일어났다.

"형님, 저 먼저 준비하러 갈게요."

"그래, 그래. 나는 잠깐 눈 좀 붙였다가 가야겠어. 민호 아우는 안 지치나 봐?"

민호의 눈동자는 애장품이라는 목표가 확고한 탓에 초롱초롱하기만 했다.

다른 출연진들보다 체력적으로 우위에 있는 정승기는 카메라 빨을 잘 받기 위해 샤워 시설에서 한차례 씻은 뒤에 빠른 메이크업까지 마치고 해변가로 걸어왔다.

'강민호 기 못 피게 이대로만 쭉 가자고.'

정승기는 머리띠를 묶으며 자신감 어린 표정으로 자리에 앉았다. 한가로이 해변을 거니는 관광객들을 구경하는 동안, 다음으로 씻고 나온 한소유가 다가왔다.

"승기 씨."

그녀의 부름에 정승기가 고개를 돌렸다.

"아, 소유 씨. 소유 씨가 2위를 할 줄이야. 놀랐습니다."

"여자 가이드를 따라간 걸요. 게다가 물 관련 코스가 많았어요."

"그래도 절벽 타는 거 힘들었을 텐데 무난히 올라오셨잖아요. 나중에 정글 가서 잘 부탁합니다, 소유 씨."

"승기 씨야말로 숨 하나 안 흐트러지던데요? 진짜 에이스는 따로 있었네요."

"하하, 에이스라니요."

사실 정승기도 힘은 들었지만 아닌 척 숨기며 이를 악물고 달렸다.

둘 사이 오가는 훈훈한 대화에 한쪽에서 기절하듯 누워 있던 황지석이 벌떡 상체를 일으켰다.

"뭐야, 둘? 벌써 눈 맞은 거야? 방송 시작 전부터 커플 조짐이라니."

한소유가 황지석을 보며 눈을 흘겼다.

"그럼 어때서요? 승기 씨 훈남인데다 매력 있고만."

이 말에 자신도 모르게 득의만만한 미소를 지은 정승기는 멀찌감치 VJ의 카메라가 자신만 찍고 있음을 확인하고 더 밝은 표정이 됐다. 적어도 이 2시간의 주인공은 절대 강민호가 아니었다. 그렇게 주목받기에 실패한 강민호가 있는 곳으로 시선을 돌렸다가 눈이 휘둥그레졌다.

아직 휴식시간 10분 이상 남았는데 강민호는 벌써 간이 선착장으로 신이 나게 달려가고 있던 것이다. 그 광경을 함께 지켜본 황지석이 놀라서 말했다.

"캬, 민호 씨 체력 봐. 절벽 올라갈 때는 다 죽은 얼굴이더니 벌써 회복됐나?"

"가장 젊지 않아요? 스물넷이라고 했으니까."

"확실히 소유 씨보다 어리네."

"어머, 제 나이 아세요?"

"서른?"

"무슨 말씀! 저 스물아홉이에요."

"만으로? 여자는 스물아홉이면 나이가 자꾸 멈추더라."

황지석과 한소유의 만담 같은 대화를 한 귀로 흘려들으며, 정승기는 질 수 없다는 생각에 모래를 박차고 일어섰다. 선착장으로 달리며 강민호가 또 무슨 짓을 하려는 건지 시선을 집중했다.

'응?'

달려가던 정승기는 갈색 머리의 서양 여인이 민호에게 다가와 말을 붙이는 것을 목격했다.

'누구지?'

한소유도 몸매가 좋은 편이긴 했으나, 그녀와는 비교조차 할 수 없는 육감적인 몸을 가진 미녀였기에 멀리서도 눈에 확 들어왔다.

『미스터 M.』

선착장으로 걸어가던 민호는 누군가의 부름에 고개를 돌렸다가 얼굴이 굳어졌다.

『블레…….』

『쉿. 지금은 알렉산드라라고 불러 주세요.』

블레이크는 입가에 손을 올리고 주위를 살폈다.

『잠깐 대화 좀 할 수 있나요?』

『할 수야 있지만, 절 어떻게 찾았어요?』

민호는 수영복 차림에 얇은 비치웨어를 걸친 블레이크의 몸에 시선이 머물렀다. 해변가에 놀러 온 복장인 터라 가까이 올 때까지도 인지하지 못했다.

『공항에서 본 후에 정보망을 가동했어요.』

『정보망?』

블레이크가 하늘의 한 지점을 손가락으로 찍어 보였다.

『위성이요. 그 시간대에 입국한 비행편 승객들의 동선을 추적해서 여길 찾았죠.』

민호는 이 대답에 신문에 있는 글자 하나까지 확대해 볼 수 있다는 영화에서만 본 위성 추적 시스템을 떠올리고 물었다.

『혹시 CIA에서 제 신상정보를…….』

『아니요, 그건 걱정 마요. 미스터 M 같은 다국적 용병에게 신분보안은 생명과도 같은 거잖아요. 네이든에게 건의해 추적과 관련된 비밀권한을 받은 것뿐, 미스터 M에게 피해가 갈 만한 행동은 하지 않았어요. 여기도 조사를 핑계로 저 스스로 온걸요.』

『다행이군요.』

네이든 하니까 비숍의 추억에서 본 광경이 떠올랐다. 민호는 매끄럽게 대처하지 않으면 상황이 껄끄러워질 것 같아 손거울이 있는 버스 쪽을 가리켰다.

『저쪽으로 가서 대화할까요? 밝히기 곤란한 일을 하는 중이라.』

『장소는 상관없어요. 이 일대에 도청 주파수가 잡히지 않은 건 확인 끝났으니까.』

『아…… 그래요?』

CIA를 등에 업은 정보요원이란 건 아무리 얼굴이 순해 보여도 평범치 않은 존재였다. 그러나 자신의 옆에서 다람쥐처럼 쪼르르 따라오는 블레이크의 얼굴에는 오랜만에 만났다는 반가움만 있을 뿐, 불순한 의도 같은 건 전혀 보이지 않았다.

발걸음을 돌려 주차장으로 향하던 민호는 선착장으로 뛰어가던 정승기와 마주쳤다.

"민호 씨, 선착장 가는 거 아니었습니까?"

"그게……."

민호는 정체를 숨겨야 한다는 위기감을 느끼고 반사적으로 대답했다.

"유럽에서 만났던 반가운 친구를 여기서 봐서 말이죠. 승기 씨, 이쪽은 알렉산드라. 경호 비슷한 일 때문에 왔대요."

그리고 블레이크에게 고개를 돌렸다. 그녀는 비치웨어 안쪽에 숨겨둔 초소형 권총에 손을 대고 정승기가 누구냐는 눈빛을 보내왔다. 위험인물이면 총이라도 겨눌 기세였기에 민호는 즉시 그녀의 손을 잡아 빼내며 프랑스어로 말했다.

『알렉, 저쪽은 내 사업 동료야. 정승기라고.』

『사업?』

말은 사업이라고 했지만, 비밀 임무쯤으로 알아들은 블레이크가 화사한 미소를 지으며 정승기에게 인사했다.

"Hi."

민호가 바로 말했다.

"저는 친구랑 이야기 좀 나눠야 하니, 이만."

정승기는 친한 것을 과시라도 하듯 민호의 왼팔을 꼭 붙잡고 걸어가는 블레이크를 구경하다 해변에 앉아 있는 한소유에게 시선이 돌아갔다.

근처의 스태프 전부 난데없이 나타난 저 강민호의 친구, 알렉산드라의 미모를 감탄까지 터트리며 주시 중이었다.

내내 주목을 받은 건 분명 자신이건만 이상하게도 뭔지 모를 패배감이 정승기의 가슴을 강타했다.

버스에서 손거울을 찾아 나온 민호가 블레이크에게 처음 들은 단어는 '위장잠입'이었다.

『네이든이 유럽 지부장으로 임명되고 첫 작전이라 규모가 좀 커졌어요.』

많은 정보를 들은 것은 아니지만, 비숍의 손거울에서 따뜻한 기운이 흘러나와 이내 민호를 이해시켰다. 블레이크가 헐리웃 대배우의 경호원 신분으로 홍콩에 나타난 것은 이 배우가 내일 참여할 행사와 관련이 있었다.

'상류층만 갈 수 있는 파티 같은 데 들어가 몰래 물건 하나를 빼오는 느낌?'

전후 사정은 굳이 알 필요가 없었다. 그러나 한 가지가 궁금해 물었다.

『블레이크. 아니, 알렉. 취리히에서는 현장요원이 아니었잖아요.』

『미스터 M 때문에요. 얼굴을 알고 있는 건 저뿐이라 언제든 만나면 이렇게 접선하라고 네이든이 현장직을 권유했어요. 저도 나쁘지 않은 것 같았고요.』

『일이 많았군요.』

『좋은 일이죠. 우리 또 만났잖아요.』

『그야, 뭐…….』

민호는 촬영장비가 실린 버스 옆을 지나다니는 '맨 앤 정글' 스태프들이 계속해서 블레이크를 힐끔힐끔 쳐다보는 것을 보고 그녀의 팔을 잡아끌어 나무 뒤쪽으로 돌아가며 물었다.

『그래서 절 찾은 이유가 뭔가요?』

『네이든은 미스터 M을 고용이라도 하고 싶어 해요. 보수는 충분히 지급할 거예요. 작전 개시가 내일 저녁이니 참여 의사만 밝히면 자세한 정보를 알려줄게요.』

『미안하지만 저도 제 일이 있어요.』

아무런 대책 없이 스파이의 세계에 뛰어드는 건 자제해야할 일이었다. 내일 저녁이면 1박 2일의 일정이 끝나고 이미 한국으로 돌아가는 비행기에 타고 있을 상황인 데다, 저 선착장에는 지금 활용을 기다리는 애장품을 소유한 두 명의 전문가까지 대기 중이었다.

『미스터 M. 부탁해요.』

『정말 미안한데 저 시간이 다 돼서 가봐야 해요.』

『비숍과의 접선 방법이라도 알려 줄 수 없나요? 어떤 용병 회사인지 이름만이라도…….』

그건 존재하지 않기에 더더욱 불가능했다.

『이건 레아의 호텔 주소인데 생각 바뀌면 밤에라도 찾아

와요. 작전 개시 12시간 전까지는 언제든 계획안을 수정할 수 있어요.』

『아, 저 때문에 굳이 그럴 필요 없…….』

민호는 쪽지를 내민 블레이크의 간절한 눈길에 어쩔 수 없이 받아 들었다.

『그리고 이것도.』

손바닥보다 작은 통신기를 건네준 블레이크가 말했다.

『명목상 홍콩의 정보원과 접선하기 위해 위성을 활용한 거니까요. 이건 현장요원에게만 지급되는 '다이렉트 라인'이니까…….』

블레이크는 고개를 살짝 숙인 채 속삭였다.

『언제든 저와 연락할 수 있어요.』

떠나는 민호에게 블레이크가 손을 흔들었다.

민호는 아쉽다는 감정은 들었으나 상황이 상황인 만큼 그녀에게 확답을 줄 수가 없었다. 선착장으로 걸어가던 민호는 손에든 쪽지와 무전기를 다시금 보았다.

야간 숙영까지 예정된 빡빡한 체험일정. 민호는 고개를 흔들었다.

'설마, 야밤에 이 호텔을 찾아갈 일이 생기기야 하겠어?'

「25시간 전」―미들 아이슬란드, 야생 체험장.

'맨 앤 정글' 출연진은 다음 단계의 체험을 위해 리펄스 베이의 간이 선착장에서 보트를 타고 가까운 섬, 미들 아이슬란드로 이동했다.

"여긴 또 어디래?"

섬에 올라선 황지석이 주위를 두리번거렸다. 고급스러운 요트가 정박되어 있는 선착장 너머로 클럽 하우스 건물도 보였다.

"이곳에 서바이벌 아카데미 본관이 있을 겁니다, 아마. 내일은 저 요트를 타는 체험도 할 테고요."

"요트 좋지. 돛 하나로 바람을 타고 물살을 가르는~"

이미 사이트에서 대략적인 정보를 파악해 놓은 정승기의 대답에 황지석은 생각만 해도 즐겁다는 듯한 표정으로 걷기 시작했다.

출연진 5인이 섬 안에 진입하자 하늘 위로 카메라가 장착된 드론, 헬리캠이 접근하기 시작했다.

홍콩인들의 요트 훈련기지로도 쓰이는 이 작은 섬의 후면에는 경사가 급한 야산과 울퉁불퉁한 바위로 뒤덮인 넓은 공터가 자리해 있었다. 그곳을 쭉 훑은 헬리캠의 렌즈가 이들이 교육을 받고 밤을 지새울 야생 체험장 쪽으로 줌을 확대했다.

'와일드 울프'의 회색빛 요새 같은 건물로 걸어 들어가고 있는 출연진과 가이드, VJ가 콩알만 하게 보이며 인적이 거의 없는 섬의 고즈넉한 풍경이 화면에 그대로 담겼다.

『여러분은 앞서 생존의 밑바탕을 위한 완벽한 몸의 필요성에 대해 체험했다.』

오후 5시 무렵, 출연진 전원이 야생 체험장의 공터 한가운데에 서자 울프가 입을 열었다.

『1순위는 알다시피 미스터 정. 가이드와 비슷한 수준의 체력을 보여주었지. 훌륭해. 2순위는 미스 한. 잠영 실력 놀라웠어.』

정승기는 울프의 칭찬에도 표정의 변화 없이 어깨만 한 번으쓱하고 쿨한 척을 했다. 한소유는 정말 썸이라도 타고 있는 듯 정승기를 보는 내내 미소가 끊이지 않았다.

"둘 다 이번엔 살살해. 나 4위라고."

가운데 서 있던 황지석은 그런 두 사람의 어깨를 툭 쳤다.

『다음 단계는 야생에서의 사냥도구 제작과 활용 방법 체험이다.』

울프가 그의 앞쪽에 수북이 쌓아놓은 각종 나무와 잎사귀들을 가리켰다.

『앞으로 60분간 이 근처의 모든 자연재료를 활용해 도구를 제작한다. 사냥 시 고려해야 할 목표는 3가지야. 바다, 하늘,

그리고 육지의 식용 가능한 생물. 가이드가 모든 질문에 대해 대답해 줄 테니 능력껏 만들어 보도록. 질문 있나?』

심광석이 손을 번쩍 들었다.

『잡은 식재료는 먹어도 됩니까?』

『이 지역은 수렵이 불법이다. 도구 활용도 측정은 표적지로 대체한다.』

울프가 각종 동물 모양의 나무표적이 주렁주렁 매달려 있는 공터 끝의 나무를 가리켰다. 가이드들이 '서바이벌 키트'란 이름이 붙은 작은 양철상자를 출연진 각자에게 나눠주는 동안 울프가 말을 이었다.

『분발해. 최종 순위 꼴찌라는 불상사는 피하는 게 좋을 거야. 숙영지는 바로 저 산꼭대기니까.』

모두의 시선이 위쪽으로 향했다.

잡초가 수북한, 그것 외에는 나무 한 그루조차 없는 황량한 산 정상. 아직 해가 떨어지지 않아 햇살은 따사로웠으나 바람만큼은 축축하고 냉랭해져 갔다. 맨몸으로 저 위에서 잠을 잤다간 입 돌아가기 딱 좋겠다는 생각이 대부분의 머리를 스치고 지나갔다.

정승기는 그 와중에 남몰래 회심의 미소를 지었다. 오기 전에 확인해 두었던 2단계 체험 영상에서 이 과정을 보고 미리 만들 도구까지 계획해 두었다.

『행동 개시!』

울프의 외침에 정승기는 슬쩍 고개를 돌려 강민호를 바라보았다.

양철상자 안을 들여다보며 뭔가에 골몰해 있는 민호는 척 봐도 곤란해하는 분위기였다. 그건 오늘 민호와 함께 행동 중인 심광석도 마찬가지로 보였다.

"민호 아우, 뭐 만들 거라도 있어?"

심광석의 물음에 민호는 손에 차고 있는 반지를 흘끔 보고 고개를 흔들었다.

"글쎄요, 애매하네요."

"글치? 나는 사냥 재주도 없고, 통발 같은 거나 만들어 보려고."

"그거 괜찮겠네요. 저는⋯⋯."

정승기는 오늘 계속 붙어 다닌 두 사람의 대화를 엿듣고 속으로 쾌재를 불렀다.

'천하의 강민호라고 해도, 이런 건 책으로 배울 수 있는 게 아니야.'

정승기도 양철상자를 열어 사냥도구를 제작할 재료들을 꺼냈다. 실톱과 주머니칼, 철사와 낙하산줄, 절연 테이프, 고무줄, 낚싯줄, 바늘, 추⋯⋯.

'옳지, 쓸 만한 건 다 있어.'

대부분 바늘과 줄을 붙잡고 생선이라도 낚아 보기 위한 낚싯대를 준비했으나, 정승기는 달랐다. 바다라면 빠른 반응으로 물고기를 꿰뚫을 수 있는 작살이 유용하고, 하늘은 제작과 사용이 비교적 간편한 새총, 육지는 올가미 덫이라는 부비트랩을 활용해 최상의 점수를 낼 계획이었다.

콧노래를 부르며 도구를 만드는 정승기의 손에서 서바이벌 키트 안에 들어 있는 장비 모두 제자리를 찾아 움직여 갔다.

강민호가 아무리 눈에 띄는 서양미녀의 방문으로 주목을 받았다지만, '오늘의 주인공은 바로 나'라는 사실에는 변함이 없었다.

30분 뒤.

언덕 위의 막사 안에 앉아 있던 울프는 체험 참가자들이 어떤 도구를 만들었는지 살펴보기 위해 공터로 내려왔다.

역시나 간단히 제작 가능한 낚싯대는 기본적으로 다 만든 모양새였다. 거기에 황지석은 목창의 끝을 날카롭게 다듬은 작업을, 한소유는 돌팔매끈을 만든 뒤에 작은 돌멩이를 줍고 있었다.

기대주 정승기에게 시선을 돌린 울프는 작게 휘파람을 불었다.

고무줄의 탄성을 이용한 발사형 작살, 거기다 낙하산줄과 철사로 인계철선까지 구성해 동물이 걸렸을 때 반응해 자동으로 달아매는 수준급의 올가미 덫까지 갖춰 놓은 상태였다. 여기에 새총을 만들기 위한 Y자형 나무도 정교하게 깎고 있었다.

『미스터 정은 서바이벌 훈련을 받았었나?』

『솔직히 말씀드립니까? 익숙합니다. 군인 출신이거든요.』

『군인?』

『한국 남자 대부분이 예비군이긴 하지만, 전 레바논에 다녀왔습니다. 따로 훈련도 했고요.』

『그랬군. 좋아, 과제 테스트도 기대하겠어.』

그렇게 정승기를 지나쳐 심광석과 강민호가 서 있는 곳에 도착했다. 둘이 함께 나무껍질을 이용한 통발을 만들고 있었다.

"이거 촘촘하게 짜기 어렵네. 민호 아우. 나 자꾸만 도와 줘도 괜찮겠어? 줄기 그만 꽈서 줘도 돼."

"제 거는 다 끝났어요."

"미안해서, 원."

"에이, 형님! 편하게 생각하시라니까요. 이걸로 생선 많이 잡으면 밤에 먹을 수도 있는 거고요. 요리도 할 수 있는 거고!"

"그런가? 나 민호 아우 때문에 정글 가는 게 두렵지가 않아졌어."

"저도요, 형님."

울프는 죽이 잘 맞아 보이는 두 사람에게 다가섰다.

통발이 누구 건지를 묻는 눈길을 보내자 옆에 서 있던 가이드 하나가 심광석을 가리켰다.

『미스터 강.』

울프의 부름에 민호가 고개를 돌렸다.

『도구를 제작하지 않았나? 동료를 돕는 자세는 좋지만, 그것만으로는 아무 점수도 줄 수 없어.』

『이미 훌륭한 '서바이벌 키트'를 주셔서요. 가이드 설명을 들어 보니까 모의사냥 점수가 꽤 높다고 하던데.』

민호가 손에 쥐고 있는 주머니칼을 흔들어 보였다. 무슨 소리냐는 듯한 얼굴을 한 울프가 민호의 가이드를 쏘아 보았다.

『존. 제대로 설명 안 해줬어?』

『저…… 대표님.』

존이라 불린 가이드가 울프에게 얼른 다가와 귓속말을 건넸다.

『뭐?』

믿기지 않는다는 표정을 지은 울프가 민호 쪽으로 고개를 돌렸다. 반문하는 울프의 목소리가 꽤 컸기에 새총에 고무줄을 걸고 있던 정승기까지 고개를 돌렸다.

『사실인지 아닌지 모르겠지만, 기대는 되는군.』

울프가 사라지고 정승기가 민호에게 물었다.

"민호 씨, 도구 안 만들어? 그러다 꼴찌 할라."

"괜찮아요."

정승기는 '내가 안 괜찮아서 그래'라는 눈초리로 민호에게서 시선을 떼지 않았다. 그러나 민호는 심광석의 통발 작업만 계속 도와줄 뿐 이렇다 할 모습은 보여주지 않았다.

어째 불안감이 느껴진 정승기는 새총 제작을 완료한 뒤에 곧바로 표적지가 가득한 훈련장에서 연습을 시작했다.

오후 6시가 되자 서쪽 바다가 서서히 노을로 물들었다.

『모두 모여! 과제 확인을 시작하겠다!』

울프의 외침에 흩어져 있던 '맨 앤 정글' 출연진이 한자리에 모였다.

『미스터 황은 낚싯대와 목창이군.』

우선 낚싯대를 들어 매듭의 튼튼함, 추와 바늘의 적절한 길이를 확인해 본 울프는 이후 미끼를 꿰어 던지는 황지석의 동작까지 살펴보고 만족했다는 듯 고개를 끄덕였다.

『낚시는 좀 해본 모양이야. 바닷가라면 굶어 죽진 않겠어.

그 목창은 어떻게 활용할 예정이지?』

『목표가 보이면 이렇게 확 찌르고 빼고. 보이죠?』

짚으로 만든 허수아비를 향해 열심히 목창을 움직여대는 황지석의 동작을 유심히 보던 울프가 '그만'을 외치고 목창을 달라고 손짓했다.

『창을 찌르는 기술은 길이를 최대한 살리는 움직임이 중요해. 왼손은 느슨히 잡고 오른손은 단단히 움켜쥔 다음, 밀어 찌르기.』

팟!

황지석이 찔렀을 때와는 다른 경쾌한 음이 일었다. 토끼라도 잡을 수 있을까 싶은 기세와 멧돼지라도 단박에 꿰뚫어 버릴 법한 기세의 차이랄까? 사람들이 감탄하는 가운데 울프는 목창을 바닥에 꽂아 넣으며 말했다.

『하지만 목창은 간단히 만들 수 있는 효과적인 사냥 도구야. 미스터 황. 초심자치고는 선택이 나쁘지 않았어.』

『감사합니다!』

현재 1등이 된 황지석의 얼굴에 웃음꽃이 피었다.

이후 이어진 한소유의 과제 테스트는 낚시도 서툰데다 돌 팔매끈으로 날리는 돌의 정확도가 너무 떨어진 까닭에 최악의 평을 받았다. 심광석의 통발은 뜻밖에 좋은 평을 얻었는데, 쉽고 빠르게 물고기를 얻을 수 있다는 목적에 걸맞아서

였다.

『통발을 무시하지 마. 사냥 기술이 떨어지는 사람도 버틸 수 있다는 장점이 있다. 미스터 심, 좋아.』

울프가 다음 과제 수행 대상자인 정승기의 올가미 덫을 가지로 툭 건드리자 휘어져 있던 나무가 탄력을 받아 세워지며 낙하산줄이 휘리릭, 가지를 잡아챘다.

"와, 승기 씨 언제 이런 걸. 장난 아닌데?"

황지석이 감탄하며 정승기의 어깨를 두드렸다. 구경하던 민호도 고개를 끄덕이며 엄지를 들어 보였다.

울프가 작살을 구경하며 평을 말했다.

『기대주 미스터 정답군. 올가미도 그렇고 도구 만드는 수준이 높아. 특히 이 작살. 수영 잘하는 미스 한에게 주어 훈련시키면 더 높은 효율을 낼 수 있을 거야.』

『정글에 가게 되면 협력해서 사냥할 계획입니다.』

『좋아, 좋아. 그럼, 새총 한번 사용해 보겠나?』

정승기가 새총을 들고 표적지가 끈에 달려 열매처럼 매달린 나무 앞에 섰다. 팽팽하게 당기 고무줄에서 손을 놓았다.

팡-!

표적을 향해 다섯 발을 쏴서 네 발이 명중했다. 울프가 턱을 괴며 말했다.

『나쁘지는 않은데, 미세한 소음에도 경계하는 야생 동물에게 한 번의 실패는 치명적이야. 충분히 연습하고 난 뒤에 실전에 도전해 보도록.』

4명의 체험과제 테스트가 종료된 시점에서 울프의 점수는 당연히 정승기가 최상위였다.

이윽고, 민호의 차례가 왔다. 민호가 주머니칼 하나만 들고 표적지 앞에 서자 새총을 갈무리하고 있던 정승기가 비웃음을 흘렸다.

"왜? 정글에서 야생동물이랑 나이프 파이팅 하게?"

"그건 아니고요."

울프가 민호 앞으로 다가왔다.

『미스터 강. 존에게 듣기만 해서 말이야. 일단 보여줘 봐.』

『네.』

뒤에 서 있던 심광석이 작은 목소리로 '민호 아우, 힘내'라고 응원했다. 민호는 고개를 돌려 여유 있는 웃음을 지은 후, 그대로 손을 번개처럼 앞으로 내뻗었다.

핏!

주머니칼이 15미터 밖의 표적으로 날아가 중앙에 명중했다. 손잡이에 감아 두었던 낙하산줄을 도로 당기자 칼이 다시 딸려왔다.

핏! 핏-!

방금 정승기가 실패한 표적까지 포함해 다섯 개를 전부 주머니칼로 맞추고 물러난 민호의 모습에 구경 중이던 출연진과 스태프들의 눈이 커졌음은 당연한 일이었다.

그중에 정승기의 충격이 가장 심했다. 일반적으로 떠올릴 수 있는 사냥도구라 할 수는 없으나 이렇게 보니 무척 단순하고 효과적으로 보였다. 국내의 어떤 서바이벌 전문가도 저런 스킬은 가르쳐 주지 않았다.

"민호 씨, 그건 대체 어디서 배운 겁니까?"

"아, 한국에서 스턴트 연습을 하다 보니 어쩌다 익히게 됐어요."

요원의 본능에서 나온 암살기술 중 하나라고 대답할 수는 없었기에 민호는 언제나 그렇듯 대충 둘러댔다.

듣고 있던 황지석이 혀를 내두르며 말했다.

"누군 한 마리 잡겠다고 고생고생하는데, 누구는 간단히 사냥하는구나. 이래서 사람은 기술을 배워야 성공한다니까."

울프는 기대 이상의 모습을 보여준 민호에게 약간 놀란 상태로 말했다.

『확실히 실력은 존 말대로야. 하지만 점수 계산에는 오해가 있었던 것 같아. 저 표적지들 아래 따로 줄이 달린 이유가 뭔지 알아? 야생의 동물과 새는 가만히 있지 않아. 움직이는 표적도 맞힐 수 있어야 진짜고, 사냥 과제 테스트에서 점수를 높게 얻으려면 그 방식으로 측정해야 해.』

『가능할 것 같아요.』

『그래?』

울프가 가이드에게 눈짓하자 나무 아래로 이어진 끈을 붙잡아 흔들기 시작했다.

'이렇게까지 하는 게 미안하긴 하지만, 울프의 지포 라이터만큼은 오늘밖에 만져볼 기회가 없다고.'

민호는 더 세밀한 조준을 위해, 2단계 체험 시작 전에 차고 온 점자시계를 터치했다. 몸을 과하게 쓰는 일은 더는 하지 않는다는 말을 듣고 대부분의 유품을 가져온 상황이었다.

손끝에 느껴지는 주머니칼 표면의 서늘한 감촉. 둥근 표적지가 나뭇잎과 부딪혀 마찰을 일으키는 소리. 거기에 바닷바람이 싣고 온 짭조름한 향을 따라 출렁거리는 나무의 형태가 민호의 감각을 타고 고스란히 전해졌다.

슈욱!

흔들거리는 목표를 향해 주머니칼이 경쾌하게 날아가 꽂혔다.

정승기는 생존기술이 아니라 생존기예에 가까운 민호의 사냥 방식에 울프가 '브라보'를 외치는 것을 듣고 한숨을 푹 내쉬었다.

계속해서 표적을 명중시키는 민호를 보며 그가 비방용인 '18'을 중얼거렸음에도 감탄사라고 생각할 뿐, 누구 하나 이상하게 생각하는 이가 없을 정도였다.

공터에서 연속으로 진행된 오늘의 마지막 단계는 비상식량 획득 방법과 응급처치에 관련된 체험이었다. 썩은 풀숲이나 나무를 뒤져 굼벵이를 잡아먹거나 뱀을 칼질하는 것은 대부분 비위를 버티지 못하고 포기했다.

『정말 죽을 것 같이 배고프면 다 먹게 되어 있어.』

울프가 애벌레를 맛있다는 듯 씹어 먹었다. 황지석과 한소유는 그 모습에 절대로 물고기 열심히 잡겠다고 다짐했다.

그리고 찾아온 응급처치와 구명 활동 체험은 정승기에게는 얄궂게도 최임혁의 응급의학서를 소지한 민호의 독무대였다.

『설사병이나 탈수증에는 세계보건기구에서 권장하는 ORS를 만들어 복용시키는 것이 좋습니다. 몸에 수분과 전해질을 보충해줘야 하거든요. 염화나트륨, 구연산염, 염화칼륨, 포도당을 배합하는 방식인데…….』

화학식만 말하니 이해를 잘 못하는 사람들을 본 민호가 풀어서 말하기 시작했다.

『끓인 물에 소금 반스푼, 설탕 5스푼 정도를 섞으면 비슷한 용액이 되죠.』

돌부리에 넘어져 큰 상처가 났을 때나 뼈가 부러졌을 때

의사처럼 세밀한 수술방법까지 제안하는 민호에게 정승기는 두 손을 들 수밖에 없었다.

『훌륭해, 미스터 강. 이 정도면 우리 스쿨에서 가이드를 가르치는 의사선생으로 모셔도 손색없겠어.』

2단계 체험에서 뒤통수를 크게 얻어맞고 충격에서 헤어나오지 못하고 있던 정승기는 '저 칭찬이 내 칭찬이었어야 해'라는 눈빛으로 울프를 쳐다보다가 착잡한 표정으로 고개를 돌렸다.

「21시간 전」‒'와일드 울프' 본관 마당.

정신없었던 첫날 체험이 끝나고, 오후 9시가 되어 전부 숙영지로 올라가 밤을 버티는 시간이 찾아왔다. 울프가 마당 한쪽에 쌀쌀한 밤을 지새우기 위한 장비를 늘어놓았다.

『말했다시피 1위는 특권을 주겠어. 미스터 강. 어떤 걸 원하지? 먼저 가장 좋은 걸 고르도록.』

민호는 씩씩하게 소리쳤다.

『저는 울프 교관님의 생존정신이 담겨 있는 그것! 복무 중에 생명을 구해줬다는 지포 라이터를 한 번만 품에 안고 잠들어 보고 싶습니다!』

패기 있는 그 외침에 울프는 픽 웃었으나, 바람부터 눅눅한 습기까지 모두 차단이 가능한 텐트를 고르리라 생각했던 사람들은 어안이 벙벙해졌다.

『좋아, 그런데 이거 불도 안 켜져. 정말 괜찮겠어?』

『마음과 마음이 전해지는걸요.』

『동양인 감성은 특이하단 말이야.』

민호는 잔뜩 달아올라 울프로부터 지포 라이터를 건네받았다.

은은한 빛이 흡수되고, 총탄이 휘날리는 시가지 전투 장면이 눈앞에 떠올라 민호는 잠시 주춤했다.

타앙! 하는 소리와 함께 바닥에 쓰러지는 군복의 울프의 옆으로 동료가 놀라 옆을 감싸고 엄호했다.

─의무병! 드웨인이 당했어! 의무병!

쓰러져 있던 울프가 벌떡 일어나 가슴팍을 더듬었다. 그리고 구멍이 뚫려 있는 지포 라이터를 빼내어 껄껄 웃었다.

추억이 사라진 직후, 민호는 생존과 관련된 지식이 숱하게 떠오르는 것을 느끼고 만족스러운 미소를 지었다.

사막, 극지, 산악지역에서 생존하는 노하우는 물론, 레펠 기술과 매듭법, 나침판과 지도로 방위각을 측정하는 독도법까지. 선명하게 머릿속을 오고가는 지식만으로도 이미 생존왕이 된 것만 같은 기분이 들었다.

'중요한 비결은 밤새 반지로 기억해 둬야겠어.'

울프가 출연진에게 말했다.

『2순위인 미스터 정부터 하나씩 고르도록. 물론 5위 한 미스터 심은 권한이 없어.』

하나둘 장비를 나눠 갖는 사이, 민호는 정상에 구축해 놓을 간단한 숙영지의 설계가 저절로 끝나 고개를 끄덕였다. 이렇다 할 장비가 없어도 비교적 안락한 밤을 보낼 수 있는 보금자리의 모습이었다.

"형님."

민호가 꼴찌를 차지한 심광석에게 걱정하지 말라는 듯 말했다.

"올라가서 저랑 숙영지 같이 만들어요."

심광석이 미안하다는 표정이 됐다.

"오늘 신세만 지네. 그나저나 우리 밤새 모닥불 피우면서 버틸까? 밤에 춥다던데."

"왜요, 잠 푹 자야죠. 해풍이 부는 반대편 바위를 찾아서 그 아래 구멍 살짝 파고, 위에 나뭇가지로 뼈대 만든 지붕을 덮고 잎으로 마무리하면 꽤 쓸 만해요. 마른 낙엽으로 자연 보온이불을 덮어도 되고요."

"구멍에 잎? 그런 것도 알아? 재주 많네, 민호 아우."

숙영지로의 등산 직전 잠시 휴식을 취하는 시간. 스태프들과 대화를 하고 온 심광석이 밝은 표정으로 민호에게 다가왔다.

　"민호 아우! 통발에 고기가 잡혔데. 하 PD가 이건 갖고 올라갈 수 있다고 했어. 다른 요리는 내일 수상 스포츠 체험하고 나서, 시장 갈 수 있게 해준다고 넌지시 말하더라고."

　"잘됐네요."

　"어이쿠, 광석 쉐프! 물고기 몇 마리나 잡혔습니까?"

　심광석이 가방을 열어 칼을 챙기는 사이 황지석이 눈이 휘둥그레져 다가왔다.

　"7마리. 나랑 민호 아우가 두 마리씩 먹고, 나머지도 한 마리씩 돌릴게."

　울프가 음식이라고 나눠준 건 비상식량 중 하나인 전지분유와 크래커뿐이었기에 다른 출연자 모두 얼굴에 화색이 돌았다.

　"손질만 미리 해두고 모닥불 피워서 구이를 해먹자."

　"형님! 그 손질 제가 해보면 안 될까요?"

　민호의 눈이 심광석이 손에 쥔 식칼을 향한 채 반짝였다.

　"그럴래?"

　"네!"

　심광석이 식칼을 내밀었다.

'우흐흐!'

드디어 고생해서 공을 들인 보람을 맛보는구나 하는 마음으로 식칼을 붙잡으려던 찰나.

"민호 씨!"

기가 막히게도 그것을 방해하는 음성이 있었다.

민호가 고개를 돌리니 스태프들 틈에 서 있던 공 매니저가 달려오는 모습이 눈에 들어왔다. 그의 손에는 자신의 휴대폰이 들려 있었다.

"민호 씨 아버님입니다. 급한 용무라고 하셨습니다."

윤환이라는 말에 민호는 어쩔 수 없이 식칼 애장품 이용을 다음 기회로 미뤄야 했다.

"형님, 저 전화 좀 하고 올게요."

"그려, 통화해. 손질은 내가 할게."

민호는 공터 한쪽으로 가 휴대폰을 귀에 댔다.

"왜요?"

-'웅산'한테 연락이 와서. 기한이 내일까지라고 했는데 무슨 일인지 오늘 정리를 해야겠다고 하네.

"오늘이요? 저 훈련 중이라 아무 데도 못 가요."

-그래? 보관 기한을 어긴 대신에 30% 깎아 주겠다는 말까지 나온 거 보면, 심상치 않은 일을 겪는 것 같긴 해. 뒷세계의 장물업자는 절대 손해 볼 만한 짓을 안 하거든.

"돈이야 절약되면 좋겠지만, 여기 섬이라고요. 주변에 바다밖에 없어요."

—홍콩이라며? 주먹만 한 땅덩어리에서. 12시 전까지 마카오까지 헤엄쳐 갔다가 돌아오면 되지.

"말이 되는 소릴 하세요."

—어쩔 수 없지. 그럼 못 간다고 전해두마.

"……잠시만요."

붉은색 유품은 구미가 당길 수밖에 없는 물건이었다. 민호는 고민하다 말했다.

"연락되면 12시 전까지 어떻게 가보겠다고 말씀해 주세요."

—방법은 있어?

"어떻게든 찾아봐야죠. 교관님에게 부탁하든 PD님에게 부탁하든."

통화를 종료하는 민호의 시선이 선착장에 정박된 제트 스키를 향했다. 울프의 애장품이 있는 이상 제트 스키 운전쯤은 아무것도 아니었다.

'말해 볼까?'

숙영지로 올라가는 동안, 민호는 선두에서 플래시를 비추며 걷고 있는 울프에게 다가갔다.

『교관님.』

『응?』

『숙영지 구성 끝내고, 제트 스키 조금만 타 봐도 될까요? 보니까 해상에 야간 조명도 잘되어 있고, 수상 스포츠 즐기기 좋게 되어 있네요.』

『내일도 탈 시간 있는데 피곤하지 않겠어? 그리고 산 다시 내려와야 하잖아.』

은근슬쩍 거부 의사를 표현하는 울프에게 민호는 잠시 고민하다 운을 띄워봤다.

『혹시, 레아 친필 사인 필요하지 않으세요? 제 친구가 거기 경호원이라 아마도 가능하지 싶은…….』

민호는 보았다. 내내 무뚝뚝했던 울프의 눈빛이 이 순간, 오늘 목격한 그 어떤 때보다 해맑게 변하는 것을.

「19시간 전」─미들 아이슬란드 ~ 마카오.

민호는 방수커버를 씌운 백팩을 등에 메고 어두컴컴한 선착장 위에 섰다. 플래시 라이트로 정박된 요트 사이사이를 비추다 울프의 제트 스키를 찾았다.

올라타며 확인한 홍콩 시각은 10시 55분을 지나고 있었다.

'그렇게 땅을 열심히 팠는데도 자정까지 1시간밖에 안 남았어.'

울프의 애장품을 이용해 숙영지 구성은 물론 물고기 섭취까지 번갯불에 콩 구워먹듯 해치우고 막 산에서 내려온 참이었다.

부웅―

시동 버튼을 누르고, 오토바이와 비슷한 핸들의 스로틀레버에 손을 올렸다. 하 PD에게 양해를 구하긴 했으나 새벽 전까지는 돌아와야 아침 훈련부터 참여할 수 있을 터였다.

'바쁘다 바빠.'

하루가 36시간이어도 모자를 긴 하루의 끝은 아직도 끝이 날 줄을 몰랐다.

서서히 전진하기 시작한 제트 스키.

민호는 리펄스 베이에서 시내로 이동했다가 마카오행 페리를 타고 가면 시간이 늦을 것이라는 계산에 방향을 틀어 그대로 바다 저편으로 향했다.

시속 80㎞의 빠른 스피드로 물보라를 가르던 민호는 불빛이 아른거리는 해안가를 발견하고 방향을 살짝 틀었다.

서바이벌은 물론 레저와 관련된 기계도 전문가 수준으로 다루는 울프의 능력 때문에 출렁이는 파도 사이를 점프하듯 날아오를 때도 전혀 균형이 흐트러지지 않았다.

"재밌는데 이거?"

어둑한 해변까지 당도했을 때는 더 타지 못한 것이 아쉬움이 느껴질 정도였다. 민호는 시동을 끈 제트 스키를 해변까지 밀어 올려놓고 주위를 살폈다.

지나다니는 사람은 없고, 산등성이 아래 가로등이 빛나는 작은 규모의 마을이 보였다.

'생각보다 빨리 왔어.'

민호는 방수커버를 벗긴 백팩에서 휴대폰을 꺼내 GPS를 켰다. 지도 어플에 윤환이 넘겨준 목적지를 찍어보니 2㎞ 남짓한 거리였다. 더불어 이곳이 콜로안이라는 마카오 최남단의 마을이라는 것도 확인했다.

산을 가로지르는 트래킹을 해야 한다는 생각이 들자 울프의 애장품이 최소한의 물건만 소지한 채 이동할 것을 강요해왔다.

'어차피 도로 올 거니까.'

백팩을 제트 스키에 걸어 두고 지도를 따라 걷기를 15분여. 민호는 파스텔 톤의 노랗고 하얀 페인트칠을 한 동화풍의 집들이 운집한 길 위에 올라섰다.

마을의 풍경을 살피던 민호는 동네의 한적함을 피부로 느끼며 의아함이 일었다.

이 근처에 마카오 장물업계의 큰손이라는 '웅산'이라는 인물이 정말 있나 싶을 정도였다. 윤환의 말만 들어선 암흑가의 보스 같은 풍모가 느껴졌었는데 말이다.

'저긴가?'

마을에서 좀 떨어진 언덕. 아담한 돌담 너머로 부호의 저택처럼 보이는 건물이 눈에 들어왔다. 민호는 철책으로 막힌 입구의 CCTV를 흘끔 살피며 벨을 눌렀다.

—Shuí?

스피커에서 들려온 중국 음성에 민호는 영어로 대답했다.

『약속했습니다. 강윤환이라고. 저는 강민호로 그의 대리인입니다.』

스피커에서는 아무 대답이 없었다. 민호는 휴대폰으로 시간을 확인해 보았다. 11:50분으로 자정까진 10분의 여유가 있는 상황이었다.

"늦진 않았는데……."

그러다 저택에서 누군가 걸어 나오는 것이 보였다.

시력을 집중해 살펴보니 검은 양복을 입은 동양인 두 명이었다. 시선이 마주쳐 인사라도 하려던 민호는 그들이 기관단총을 나란히 손에 쥐고 있는 것을 보고 신음을 삼켰다.

"Wait. I will search your body."

중국식 억양이 강하게 섞인 짧은 영어와 함께 철책이 열렸다. 한 명이 민호를 겨눈 채 다른 하나가 접근해 몸을 수색해 왔다.

'마을은 위장이었나.'

민호는 양손을 든 채로 속으로 안도의 한숨을 내쉬었다. 일이 끝나고 블레이크와 연락하기 위해 가져온 무전기와 서바이벌 키트가 들어 있는 백팩을 여기까지 들고 왔다면 엄한 의심을 받았을지 모를 일이었다.

주머니를 뒤지던 상대가 회중시계와 손거울, 지포 라이터를 꺼냈다.

『액세서리. 제가 패션에 민감하거든요.』

딱히 의심되는 부분이 없자 상대가 들어오라고 손짓했다.

민호는 정원을 지나 저택의 문을 열고 들어섰다. 대부호의 별장 같은, 유럽풍의 인테리어로 이루어진 안쪽의 계단에서 회색머리의 날렵한 인상을 한 중년인이 내려왔다. 입고 있는 차림부터 다른 이와 달랐기에 웅산임을 직감했다.

중년인이 계단을 내려와 반갑다는 표정으로 말했다.

"살다살다 윤환이 아들을 보게 될 줄이야."

"어라? 한국어를 어떻게……."

"놀랄 필요 없네. 나도 한국인이니까. 마운트 베어. 웅산은 이쪽 업계의 가명 같은 거지. 하하."

"아, 안녕하세요. 강민호라고 합니다."

민호는 친근한 눈빛으로 악수를 건네 오는 웅산에게 경직된 표정으로 손을 내밀었다.

그럴 수밖에 없는 것이, 등 뒤에 기관단총을 소지한 두 사람이 있는 데다 웅산의 옆을 따라온 경호원은 부리부리한 눈으로 자신을 쏘아보는 중이었다.

"보통은 이렇게까지 경계를 서진 않아. Liáng, wěi."

웅산이 민호 뒤편에 있는 이들의 이름을 부르며 물러서라는 손짓을 했다. 그제야 민호를 겨누고 있던 기관단총의 남자들이 사라졌다.

"갑자기 일정을 앞당긴 건 미안하게 됐네. 나도 이렇게 일을 접게 될 줄은 예상 못 했거든."

"무슨 안 좋은 일이 있으셨나 봐요?"

"뭐, 비슷해. 장물이라는 게 내일을 보장할 수 없는 불법 사업이잖아. 나름 양심적으로 일해왔건만. 하여튼 코쟁이 놈들이 문제야. 원리원칙만 지키면 다 되는 줄 안다니까. 이쪽으로 오게."

투덜거리는 웅산을 따라 민호는 응접실을 지나 차고로 향하는 문 앞에 도착했다.

덜컹.

문이 열리고 한 대에 수억을 호가하는 근사한 스포츠카들이 먼저 민호의 시선을 사로잡았다. 그리고 한쪽에 가지런히 쌓여 있는 철제 박스들이 보였다.

'이사라도 가시나?'

웅산은 그중 하나에 손을 올리며 민호에게 말했다.

"물건은 이 안에 있네. 약속을 어긴 이상 삼 할은 제하기로 했고, 일단 대금부터."

"잠시만요."

민호는 휴대폰을 들어 출국하기 전에 만들어 둔 해외전용 계좌에서 웅산의 스위스 계좌로 송금을 시작했다. 띠링, 하는 소리와 함께 입금을 확인한 웅산이 철제 박스의 뚜껑을 열었다.

"그쪽도 윤환이처럼 옛날 물건 수집이 취미?"

"네."

"사업을 잠시 접는 동안, 동업자한테 물건을 맡겨 놓을 계획이긴 한데. 어때? 생각 있으면 소개시켜 줘?"

"저야 당연히 좋⋯⋯."

'좋죠'를 중얼거리는 와중에 민호의 시선은 박스 안의 물건에 박혔다.

불그스름한 기운에 둘러싸인 1미터 길이의 도검. 검집의 표면에 고풍스런 용 문양이 그려져 있는 것이 한눈에도 역사가 오래된 물건임을 알 수 있었다.

"원하는 물건 맞지? 윤환이 눈빛이랑 똑같네."

"부전자전이니까요."

두근거리는 마음으로 다가선 민호는 최근에 수준도 올랐

겠다 검의 손잡이를 한번 건드려 보았다.

'어?'

찌릿한 느낌이 없었다. 오히려 손에 착 감기는 것이 꼭 만져 달라고 유혹하는 것만 같았다.

민호는 그도 모르게 검을 손에 쥐었다.

−돌격−!

난데없이 등 뒤에서 지축을 울리는 굉음이 들려와 고개를 돌린 민호는 본래 있어야 할 스포츠카가 사라진 자리로 먼지를 휘날리며 접근 중인 기마대의 환영과 마주해 몸을 움찔했다.

실제와 같은 기마대가 민호의 몸을 관통해 허허벌판 위를 질주해 나갔다.

그리고.

민호는 전신갑주를 착용한 말 위의 사내와 마주했다. 대장군의 포스를 흘리고 있는 이 사내는 기이하게도 민호를 인지한 것처럼 시선을 돌렸다.

−그대는 다른 시대의 사람인가?

"Shì."

'네'라는 대답이 중국어로 자동 반응해 나온 것도 놀랍지만, 주인이 이렇게 직접적으로 말을 걸어온 적은 단 한 번도 없었기에 당황하지 않을 수가 없었다.

―날 담기엔 그릇이 작아. 더 연마해서 돌아오도록.

검에서 찌릿한 느낌이 도로 피어올랐다.

챙그랑.

민호가 박스에 검을 떨어뜨리고 터덜터덜 물러섰다.

'깜짝이야. 이래서 유품이 아니라 유물이라고 불러야 한다는 건가?'

주인이 바로 앞에서 살아 숨 쉬고 있는 것만 같은 체험은 감탄이 튀어 나올 정도였으나, 이걸 길들이려면 지금 수준으로는 어림도 없겠다는 생각이 들었다. 그만큼 방금 본 갑옷 사내의 눈빛은 강렬하기 그지없었다.

『무슨 짓이지?』

갑자기 정신 나간 사람처럼 구는 민호를 이상히 여긴 웅산의 경호원이 그 앞을 막아섰다. 고개를 돌리던 민호는 경계 태세를 잔뜩 갖추고 자신의 접근을 차단하는 경호원의 움직임을 확인하고 반사적으로 몸을 피했다.

반지의 경고가 발동한 탓에 민호의 동작은 경호원이 눈으로 채 쫓지 못할 만큼 재빨랐다. 이 때문에 경호원 역시도 놀라 팔을 뻗었다.

팍.

그 팔을 귀신같이 잡아챈 민호.

"Tíng xià, Mó hén."

'멈춰, 다친다'를 뜻하는 중국어가 입에서 튀어나왔다.

말투가 어째 검의 주인과 흡사했기에 민호는 유물에 손을 댄 여운이 아직 남아 있음을 깨달았다. 전혀 의식하지 못한 사이 동화되어 버렸다.

'유품이나 애장품의 성향에 휘둘리던 때와는 차원이 다른 느낌이야.'

민호는 다른 중국어를 떠올려 보았다. 그러나 여운이 금세 희미해진 탓에 아무것도 생각나지 않았다.

『건방진..』

그사이 민호의 말에 코웃음을 친 경호원이 힘으로 밀치려 들었다.

"오해예요, 오해!"

입은 이렇게 말했으나 위기감 속에서 나타나는 반지의 본능은 칼 같았다. 민호는 상대의 팔을 반대로 꺾으며 손날로 목젖을 치는 동작까지 물 흐르듯 이어나갔다. 경호원이 흠칫해 눈을 깜박였다.

"아차차."

민호는 상대의 목을 치려는 순간 가까스로 멈춘 뒤, 결코 싸우려는 의도가 아님을 재차 밝혔다.

"쏘리, 쏘리. 노 파이트."

『장난치지 마!』

『홍위.』

반발하려는 경호원의 어깨에 웅산이 웃으며 손을 올렸다.

『싸우면 네가 질걸?』

『그걸 어찌 아십니까?』

『저 친구는 몰라도 아버지는 잘 알지. 삼합회의 실력자 수십을 한자리에서 제압하는 걸 너도 봤어야 하는데 말이야. 그런 '쿵푸'는 생전 처음 봤어.』

빈말하는 웅산이 아니었기에 경호원은 탐탁지 않은 시선으로 민호를 훑으면서도 섣불리 다가서지 못했다. 무슨 대화를 나누는지 모르는 민호는 어색한 표정으로 웃을 뿐이었다.

"저기, 웅산 씨."

민호는 30% 할인을 받은 까닭에 자금에 여유가 있어 웅산에게 물었다.

"5억 정도로 구매할 만한 물건 구경할 수 있을까요?"

"기다려 봐. 그 정도 가격이면……."

웅산이 철제 박스 두 개를 꺼내 민호 앞에 열었다.

별것 아닌 듯 수북하게 쌓여 있으나 하나하나의 가치가 5억에 달하는 값비싼 중국의 골동품들이었다.

첫 번째 상자에는 빛나는 물건이 없었다. 두 번째 상자로 눈을 돌린 민호는 도자기와 석상 같은 물건들 속에서 시선을 사로잡는 자그마한 물건 하나를 발견했다.

유리 케이스에 담긴 반투명한 푸른 빛깔의 주사위.

주황색 기운이 어린 것 같아 얼른 손에 쥐고 보니 웬걸, 더 짙은 붉은 기운이 맴돌았다. 횡재한 기분에 웃음이 절로 나온 민호는 신나서 웅산에게 말했다.

"이 물건 살게요. 바로 입금해 드리면 되나요?"

"가만있자, 청옥 주사위네. 소유권을 일단 동업자에게 넘겨놓은 상태라 사고 싶은 게 있으면 그에게 말해야 해. 약속 잡아서 찾아가면 되니 내일 구매하는 게 어때?"

"그래요?"

"이 바닥은 신용이 전부라 한번 정해진 원칙은 어길 수가 없어."

민호는 아쉽지만 유리 케이스를 다시 내려놓아야 했다. 사설 경호원이 기관단총을 들고 다니는 마당에 떼를 썼다간 무슨 봉변을 당할지 모르니까.

달칵.

저택의 문이 열리고, 그림을 옮길 때 사용하는 원통형 케이스에 검을 담아 나온 민호가 걸어 나왔다. 배웅하기 위해 따라온 웅산이 입구로 향하며 말했다.

"어쩌다 보니 내 이름으로 하는 마지막 거래자가 됐군. 알려준 그 장물업자, 믿을 만한 친구야. 거기 가면 다른 물건

많으니 또 사고 싶어질지 모르겠어."

대화를 하다 보니, 이곳은 일반인이 결코 접근할 수 없는 은신처라는 것을 알게 됐다. 거기다 소개해 준 업자 역시 그냥은 만날 수 없는 인물이라는 것도.

"고맙습니다, 여러모로."

꾸벅 고개를 숙이는 민호를 보며 웅산은 추억에 잠긴 표정이 됐다.

"윤환이도 필요하다 싶으면 꼭 물건을 사야 직성이 풀렸지. 얼굴을 못 본 건 아쉽지만 아들이라도 봤으니."

"실례가 안 된다면 왜 사업을 중지하시는지 여쭤 봐도 될까요?"

"장물업자가 사업을 접는 이유가 따로 있겠나? 유통한 장물이 재수 없게 걸린 거지. 하필이면 골칫거리와 연루돼서……."

한숨을 푹 쉰 웅산이 말을 이었다.

"아무튼, 그 백룡검은 장물이 아니라 본토 부호에게 합법적으로 구매해 보유 중이던 거니 걱정 말게나."

"잘은 모르겠지만 무사히 해결하시고, 정상적으로 사업하실 때 또 만나길 빌게요."

입구에 선 민호는 마지막으로 인사를 한 뒤에 제트 스키가 있는 해안가로 향했다.

자정을 살짝 넘은 시간. 생각보다 일이 간단히 끝났기에 민호의 발걸음은 더없이 가벼웠다.

『아, 아. 블레이크. 들려요?』

민호는 통신기의 주파수를 조절하며 접선을 시도했다.

치이익.

ー미스터 M?

『잤어요? 그런 거라면 미안해요.』

ー괜찮아요. 무슨 일이죠?

무전 너머의 음성에는 약간의 기대감이 어려 있었다. 민호는 염치 불고하고 부탁을 해야 할 상황이었기에 넌지시 운을 뗐다.

『혹시 지금 레아의 사인 같은 거 얻을 수 있을까요? 오해는 마세요. 제가 참여하는 일에 레아의 열광적인 팬이 있어서…….』

ー그 정도는 문제없어요.

깔끔한 승낙에 오히려 민호가 당황했다.

『그럼, 제가 호텔로 갈까요?』

ー아니요. 레아가 클럽을 방문해서 지금 마카오로 경호를 왔거든요.

'진짜?'

마침 잘됐다는 생각에 민호는 곧바로 위치를 물었다.

61.
미션 파서블 : 마카오 로얄 (4)

「16시간 전」 -마카오, 코타이 스트립.

겉으로 보기에는 딤섬 판매 트럭처럼 보이는 차량이 도로 한쪽에 주차되어 있었다.

지나가는 이들은 이것이 CIA의 작전 차량이라는 건 전혀 모른 채, 왜 문을 열지 않았는지 궁금해할 뿐이었다.

십여 개의 모니터와 각종 통신장비가 늘어서 있는 트럭 안 쪽. 네이든은 한창 춤에 빠져 있는 레아 테일러가 보이는 클럽의 CCTV 해킹 화면을 흘끔 바라봤다가 고개를 돌렸다.

『미스터 M이 온다고?』

『네, 지부장님.』

레아 옆에 위장잠입 중인 블레이크가 임무를 내려놓고 한

달음에 달려올 만큼 중요한 보고. 네이든은 팔짱을 끼고 생각에 잠겼다.

『우리가 정체를 알아챘다는 낌새를 눈치채지 않은 게 확실해?』

『제 판단은 그랬어요.』

블레이크는 '대한민국, 강민호'라고 쓰여 있는 여권 사본이 떠 있는 또 다른 모니터를 가리켰다.

『그런데 저 신분이 단순위장이 아니라고 어떻게 확신하시는 거죠?』

『변장을 전혀 하지 않았으니까. 노출에 거리낌이 없다는 것은 신분이 안정됐다는 확신이 없으면 불가능해.』

네이든은 한 달 전, 미스터 M이 취리히 중앙역에서 각국 정보요원들을 교란시키고 사라졌을 시기의 폐쇄회로 영상 하나를 모니터에 띄웠다.

역사 안의 카페에서 샌드위치를 주문한 사내와 받아간 사내가 차례로 나타났다. 두 사람의 얼굴과 복장은 판이하였으나 나중의 사람은 여권 속 얼굴과 똑같았다.

『한국은 정보기관의 사각지대로 안성맞춤이지. 누가 동양의 손톱만 한 나라에서 활동하는 연예인이 스파이라고 생각하겠어?』

『강민호'라는 인물이 되기 위해 성형했을 가능성은 없나요?』

『그건 알 수 없어. 아까처럼 어설프게 접근해서 실패하지 않았다면 본인의 입으로 들을 수 있었겠지.』

블레이크는 고개를 푹 숙이고 말았다. 위성을 활용해 위치를 잡아낸 것까지는 좋았으나 성급하게 이야기를 꺼냈다가 다시 만날 구실까지 잃어버리고 말았다.

『접선 기술에 대한 훈련은 거의 받지 못했어요. 죄송해요, 네이든.』

풀이 죽은 그녀의 음성에 네이든이 웃으며 말했다.

『자신감을 가져, 블레이크 요원. 여지를 남기니 연락이 오잖아. 난 이 정도 미인에게 반하지 않을 남자는 지구 상에 몇 없다고 확신해. 내가 20년만 젊었어도 데이트를 신청했을 게 분명하니까. 지금은 배가 이래도 그때는 몸 좋았다고.』

네이든의 농담에 피식 웃던 블레이크는 모니터 속 레아가 레이저 조명 밑에서 광란의 춤을 추는 것을 지켜보다 본래의 작전상황을 떠올리고 물었다.

『'마운트 베어'는 왜 사라지는 것을 택했을까요?』

『처음 접선을 요구했을 때도 권력자의 심기를 거스르기 싫은 눈치였어. 장물 관련한 불법요소는 CIA가 충분히 보호해 줄 수 있다는 어필이 먹히지 않았지.』

『그가 아니면 비밀 금고는 건드리지 못하잖아요. 내일 작전은 그럼…….』

『랭리에서 중국의 고대 장치에 능통한 전문가를 섭외해 놨어. 계획대로 침입하면, 전문가가 실시간으로 자네의 눈이 되어줄 거야.』

치이익.

블레이크는 무전기가 깜빡이는 것을 확인하고 스위치를 눌렀다.

－블레이크. 여기 광장 쪽인데 어디 있죠?

미스터 M의 무전에 네이든과 블레이크가 시선을 주고받았다.

『만나러 가볼게요.』

네이든이 고개를 끄덕였다.

『미스터 M의 관심 좀 확실히 끌어 봐. 비숍과의 연관성은 제하더라도, 어마어마한 행동력을 가진 인재야. 마음 맞으면 호텔방 잡아도 좋고. 침대 위에서 스카웃 제의하면 대부분 먹힌다고.』

『지부장님…….』

농담인 걸 알지만, 현장 활동 이제 한 달째인 신입 블레이크의 뺨은 온통 달아올랐다.

'좋아, 가자.'

성과를 내기 위해 어쩌면 과감해져야겠다는 생각이 들자 호흡이 가빠왔다. 트럭 밖으로 나서며 블레이크는 가슴을 진정시키기 위해 심호흡을 여러 차례 했다.

　민호는 불야성을 이루는 초대형 카지노의 휘황찬란한 불빛을 감상하며 걷는 중이었다. 이 주먹만 한 땅 위에 호텔과 카지노, 쇼핑몰까지 오밀조밀하게 모여 있었다.

　"새벽인데도 사람이 이렇게 많을 줄이야."

　낮과 밤이 따로 없어 보이는 거리 한쪽에 레아가 방문 중이라는 복합 카지노 센터가 보였다.

　치익.

　『다 왔어요.』

　—가는 중이에요. 로비 쪽에서 봐요.

　무전을 끝내고 통유리로 된 문을 넘었다. 로비에 접어들자 '브이쿠아리움'이라는 거대한 디지털 수족관과 마주하게 됐다. 인어의 형상을 한 여성이 헤엄치는 모습은 실제 바닷속인 것마냥 리얼했다.

　"바, 반신 누드?"

　한국이라면 부끄부끄 눈을 돌렸겠지만, 여긴 마카오. 명화를 감상하듯 자연스러운 시선을 던졌다. 민호는 그러다 인어 중에서도 유독 눈에 띄는 새하얀 피부의 여인을 발견했다.

　'레아잖아. 여기 CF라도 찍었나?'

　몽환적인 모습으로 수영하는 레아의 모습에 시선을 강탈

당한 민호는 다른 모델들처럼 반라 상태인 것을 보고 본능적으로 휴대폰을 들어 카메라 앱을 켰다. 이런 예술적인 S라인은 찍어 두었다가 내내 가보로 남겨두어야 한다는 종족보존의 의무감이 들었다.

미래의 손주 녀석이 '할아버지는 최고였지'라고 손가락을 치켜…….

『미스터 M.』

한 여성의 부름에 민호는 멈칫해서 고개를 돌렸다. 블레이크가 인사를 하며 다가왔다.

"크흠."

울프의 지포 라이터를 내내 소유 중이다 보니 레아에 대한 과한 애정이 약간 옮은 기분이었다. 민호는 바로 휴대폰을 귀에 가져가며 말했다.

"Hello? Who? Miss call. Sorry."

휴대폰을 내리며 반갑다는 표정으로 고개를 돌린 민호가 말했다.

『미안해요, 블레이크. 임무 중에 괜히 불러낸 거죠?』

『괜찮아요. 연락 기다리고 있었던 걸요.』

『연락이라면…….』

블레이크는 해변에서 이미 언급한 작전을 도와 달라는 압박감을 팍팍 풍기며 부드러운 미소로 민호 옆에 섰다.

비치웨어를 입었던 낮과는 또 다른, 세련된 실크 원피스를 걸친 그녀는 섹시함에 이어 고아한 아름다움을 뽐내고 있었다.

옷을 살피는 민호의 시선에 블레이크가 말했다.

『경호복이 아니라 놀랐죠? 클럽에 복장 규정이 있어서요. 미스터 M도 지금 그 옷으로는 VIP룸에 못 들어가요.』

『아……..』

현재 자신은 갓 서핑을 즐기고 온 것 같은 전형적인 여행객의 활동적인 복장이었다. 사인 한 장 가볍게 얻고 갈 생각으로 달랑 백팩만 메고 온 민호였기에 호텔에서 정장이라도 대여해야 하나 고민이 들었다.

블레이크가 말했다.

『작전룸이 위에 있어요. 거기 여분의 옷이 있으니까 갈아입고 가죠.』

헐리웃 대배우를 고작 사인해 달라고 밖으로 불러낼 수는 없는 법. 민호는 고개를 끄덕이고 블레이크의 뒤를 따랐다.

호텔 '시티 오브 드림'의 305호실 안으로 들어선 민호는 감청장비와 모니터가 세팅된 탁자 앞에 낯선 사내 두 사람이 앉아 있는 것을 보고 조금 긴장했다.

'그녀의 동료인가?'

벨보이 복장을 입은 사내의 체격은 건장했고, 회사원 복장의 사내는 살집이 좀 있었다. 먼저 걸어간 블레이크가 벨보이 사내에게 고개를 숙였다.

『밀스, 아까 말했던 미스터 M입니다.』

『그를 여기까지 끌고 왔어?』

『네이든이 승낙했습니다.』

밀스라 불린 사내가 인상을 찌푸렸다.

『나는 신임 지부장과 블레이크 요원, 둘 다 이해가 안 가. 정체가 불분명한 작자에게 왜 그리 신경을 쓰는 거야?』

밀스가 언성을 높이자 현관 근처에 있던 민호는 섣불리 들어가지 못하고 어정쩡한 자세를 유지했다.

『이번 작전도 그래. 그냥 팀 투입해서 가지고 나오면 될 걸 왜 이리 복잡한 방식을 쓰는지.』

『그건 국제 관계상······.』

『우린 외교관이 아니야. CIA가 이것저것 배려하고 어떻게 일을 해?』

노트북을 들여다보고 있던 사내가 갑자기 말했다.

『밀스, 표적이 이동 중입니다.』

『후······. 나중에 얘기하자고.』

밀스가 입구로 걸어 나왔다. 비켜선 민호에게 한차례 칼 같은 시선을 보낸 뒤에 밖으로 나갔다.

쾅.

문이 닫히고, 블레이크가 민호를 향해 미안하단 표정을 지었다.

『작전팀장님이 계신 줄은 몰랐어요. 들어와요, 미스터 M.』

객실로 들어서니 이번에는 다른 사내와 시선이 마주쳤다. 앞서 사라진 요원처럼 적대적이면 어쩌나 싶은데 상대가 미소를 지으며 말했다.

『데이빗입니다. 폐쇄회로 영상으로만 보다 실물을 보니 느낌이 새롭네요. 아. 어쨌든 전 미스터 M 팬입니다. 취리히에서 죽여 줬어요.』

눈을 찡긋하고 다시 작업에 열중하는 데이빗은 어째 자신을 이미 알고 있는 눈치였다.

『기다려요, 미스터 M. 의류 가방을 가져올게요.』

블레이크가 안쪽의 방문을 열고 들어가 있는 동안, 민호는 한 걸음 물러나 생각에 잠겼다.

CIA의 작전 현장을 어디 친구 집 방문하는 것마냥 들어올 수 있다는 사실은 충분히 놀라웠으나, 연예활동을 때려치우고 스파이 세계에 발을 담을 의도가 아니었기에 적당한 대비가 필요했다.

민호는 비숍의 손거울을 손에 쥐었다. 유품에서 피어난 따뜻한 기운을 타고 비숍의 지식이 흘러들었다. 그리고 슬

쩍, 데이빗이 조작하는 노트북 화면과 탁자의 자료를 훑어
내렸다.

마카오의 호텔에 묵고 있는 민간 군사기업의 인물을 감시
하는 영상. 신형 무기와 관련된 데이터베이스 해킹정보. 미
행을 시도 중인 감시 타깃들의 프로필까지.

아는 만큼 보인다는 진리는 이곳에서도 확실히 통용됐다.

요즘의 유럽은 민간 군사기업간의 과열된 경쟁 체제로 혼
란을 겪고 있었다. 돈만 주면 어떤 일이든, 심지어 테러까지
도 대행해 주는 집단. 그들의 충돌에 불을 끼얹을 신형 무기
기술은 초기부터 철저히 봉쇄해야 하는 것이 CIA의 관점에
서 본 평화유지 방법이었다.

그 때문에 무기 브로커이자 마카오의 권력자인 '린샤오'가
판매하려는 무기에 관한 정보가 필요했다.

내일 있을 린샤오의 파티에 레아 테일러가 초대되고, 블레
이크가 위장한 채 따라가서 금고를 연다는 계획은 낮에 들었
었다.

'비숍, 그런데 이쪽이 정의의 편 맞죠? 다른 사람은 몰라
도 네이든은 확실하다고요? 그럼 됐어요.'

대강의 정보 분석을 끝낸 민호는 감시 타깃과 관련한 문
서에서 시선을 떼다 한 문구를 보고 멈칫하지 않을 수가 없
었다.

'마, 마운트 베어?'

자세히 보니 과거 린샤오의 금고 설치를 도와주었던 인물의 프로필 사진이 너무도 익숙했다. 아까 10억에 검을 건네받았던 장물업자 웅산의 얼굴에서 수염과 가발을 씌우면 딱이었다.

달칵.

『저희 작전팀장님 옷인데 미스터 M에게 맞을…….』

탁자 근처까지 그도 모르게 다가서 있던 민호가 황급히 물러나자 블레이크는 웃으며 말했다.

『궁금한 거 있으면 물어봐도 돼요. 데이빗, 작전 자료화면에 띄워 줘요. 미스터 M에게 관련 정보를 밝히는 건 네이든에게 허락받았으니까요.』

『아, 아니에요.』

민호는 손을 흔들었다. 웅산이 사업을 접어야 했던 이유가 CIA와의 접촉 때문이었음을 확인하고 보니, 타이밍이 기가막혔음을 확인하고 속으로 안도의 한숨을 내쉬었다.

운이 나빴다면 웅산에게 물건을 구매하다 CIA 요원들과 맞닥뜨려 곤란한 변명을 해야 할 상황에 부닥칠 수도 있었다.

『금방 갈아입을게요.』

세미 정장을 입고, 남은 옷은 전부 백팩에 넣었다.

'더 얽히기 전에 사인만 받고 얼른 떠나야지. 월드피스는

프로에게 맡기고. 난 비숍이 아니라 대한민국의 평범한 청년이라고.'

민호는 계속해서 기대를 하고 자신을 바라보는 블레이크의 시선을 애써 외면했다.

「15시간 전」─마카오, 클럽 '큐빅'.

고막은 물론이고 심장까지 쿵쿵 울리게 하는 유명 디제이의 음악이 흘러나오는 무대 너머로 열광적으로 몸을 흔드는 인파가 있었다.

'여긴 밤 문화의 천국이구나.'

민호는 전자조명과 호화로운 장식물이 번쩍이는 틈에서 뿜어져 나오는 나이트클럽만의 충만한 기운에 그다지 춤에 관심이 없음에도 어깨가 절로 들썩이는 것을 느꼈다.

『저쪽이에요!』

블레이크가 소리쳤으나 음악 소리에 묻혀 잘 들리지 않아 귀를 가까이 가져갔다.

『저기, 상층에 VIP룸이 있어요.』

그녀의 손짓을 따라 2층의 계단 위에 클럽 안을 한눈에 내려다볼 수 있는 위치의 방을 발견했다.

민호와 블레이크가 계단을 오르자 VIP룸 앞을 지키고 서 있는 경호원이 손을 들어 제지했다.

『저예요, 짐.』

블레이크를 확인한 경호원이 민호쪽으로 고개를 돌렸다.

민호는 무뚝뚝하게 서 있는 경호원이 낮의 공항에서 팔을 꺾었던 남자임을 확인하고 헛기침을 하며 인사했다. 다행히 기억하지 못하는 듯했다.

『이쪽은 파티 관계자.』

블레이크의 간단한 설명에 경호원이 물러섰다. 민호는 '파티'라는 것이 CIA의 내일 작전을 뜻하는 암호 같은 것임을 파악했으나 잠자코 있었다.

VIP룸 앞에 선 블레이크가 문을 열었다.

고급스러운 테이블 위에 잔뜩 늘어서 있는 술병. 가죽 소파와 개인용 바. 그 안에서 흰 시스루를 나풀나풀 휘날리며 흥을 내고 있는 레아는 뭔가 여유로워 보이면서도 치명적인 팜므파탈을 연기하는 영화 속 주인공처럼 보였다.

술잔을 들고 있던 레아가 고개를 돌렸다.

『블레이키~ 어디 갔었어? 술 상대 없어서 심심했다고.』

『알렉산드라라고 몇 번을 말해요. 그리고 알아볼지 모르니 내려가지 말아 달라고 부탁했잖아요.』

『뭐 어때? 아시아에는 날 좋아하는 사람밖에 없는걸. 거기다 저 아래 있는 사람들은 몸 흔드는 것밖에 관심 없어.』

『얌전히 협조해 주세요. 공짜로 여행 온 거 아니니까.』

『블레이키는 화낼 때 참 매력적이야.』

잠시 매니저의 빙의된 것처럼 헐리웃 대배우에게 이것저것 지시하는 블레이크를 보며 민호는 피식 웃었다. 어째 이설이에게 잔소리를 늘어놓는 자신 같아 보였다. 그러다 레아가 갑자기 고개를 불쑥 내밀어 자신을 쳐다보는 것을 보고 표정을 관리했다.

『오~ 나 심심한 거 알고 '아시아 가이' 하나 건져 온 거야?』

레아가 한달음에 접근했다. 민호는 술 냄새가 훅 풍기는 것을 느꼈다.

『귀엽게 생긴데다 어려. 힘은 좋나?』

『건드리지 마세요.』

블레이크가 민호의 가슴을 찔러 보려는 레아의 팔을 붙잡아 뒤로 끌고 갔다.

『이 남자 누군데?』

『파티 예비 식구요.』

『에이, 그럼 지루하겠네. 블레이키네 식구들은 다들 인간미가 없어서 탈이야.』

『알렉이라고 몇 번을 말해요.』

흥미를 잃은 듯한 레아가 다시 술잔을 입에 댔다. 초록빛 액체가 꼴깍하고 입으로 사라졌다.

민호는 요원의 지식으로 저 술이 '압생트'라는 것을 파악하고 신음을 삼켰다. 코끼리도 취한다는 독한 술. 그럼에도 알 콜 향이 짙지 않아 여성을 확 취하게 만들 때 자주 사용하는 술이었다.

'어쩐지 냄새만으로도 어질어질하더라니.'

사인을 요구하기엔 상당히 어색한 상황이었으나 울프의 순진한 눈망울도 마음에 걸리고, 제트 스키를 빌려준 보답은 깔끔히 끝내야 하기에 입을 열었다.

『'미스 레아'. 제 친구가 무척 팬인데 사인 한 장만 부탁해 도 될까요?』

『응? 사인?』

『부탁합니다.』

레아가 블레이크에게 고개를 돌렸다.

『이 파티 식구 되게 순진해 보여. 신입 맞지? 이리 와, 옆 에 앉아 봐.』

『치근대지 말고 사인이나 빨리 해줘요.』

블레이크의 명령에 레아는 군말 없이 종이와 팬을 뜻하는 손동작을 보였다. 민호는 백팩에서 노트를 꺼내 내밀었다.

슥슥, 깔끔하게 사인을 끝마친 레아가 물었다.

『이름도 써 줄까?』

『'투 울프'라고 해주시면 고맙겠어요.』

월드스타답게 팬이 원하는 서비스에 능숙한 모습이었다.

종이에 정말 울프의 이름이 적히자 그가 뛸 듯이 기뻐할 모습이 눈에 선했다. 그렇게 사인이 끝나 도로 건네받으려는데 레아가 내밀었던 노트를 그녀 쪽으로 휙 잡아채며 말했다.

『그냥은 못 주지.』

『네?』

『벌주 한 잔.』

엄지와 검지를 둥글게 말아 잔을 들이키는 동작을 선보인 레아가 웃음과 함께 말했다.

『무명시절 내 치욕적인 기록 하나 지워주겠다는 약속은 고마운데, 사람이 숨은 돌리면서 일해야 할 것 아니야. 이런 동네에 와서 카지노에도 못 가게 막은 죗값은 치러야지.』

『그게요, 레아.』

'그런 죄는 다른 요원들에게 물으심이……'

그냥 술도 한 잔에 가버리는데 저 독한 것을 마셨다가는 잠이 드는 것이 아니라 사망할지도 몰랐다. 곤란한 얼굴의 민호에게 레아가 잔을 내밀고 초록빛 액체를 가득 따랐다.

『들이켜. 그리고 나랑 춤이나 한판 땡기고 가. 지금 음악 좋잖아.』

클럽 스테이지에서 빠른 비트의 음악이 흘러나오자 레아가 리듬을 타기 시작했다.

민호는 '이걸 어쩌나' 하는 심정으로 술잔을 바라보았다. 먹는 척만 하기엔 거리가 너무 가깝고. 그렇다고 거절할 명분도 마땅치 않고. 평생 헐리웃 스타와 술 한잔 기울일 일이 몇 번이나 있겠느냐마는 지금은 어쩔 수 없었다.

『미안해요, 운전해야 해서.』

『이것 봐. 블레이키네 식구들은 죄다 재미없어.』

술잔을 탁 잡아챈 레아가 한잔을 삼키고 곧바로 비틀했다.

『그만 마셔요, 레아. 늦었으니 호텔로 돌아가죠. 홍콩 숙소로 가기엔 늦었고, 이 건물 스위트룸을 잡아두었어요.』

『이제 겨우 3시야. 해도 안 떴는걸.』

『해 뜰 때까지 놀 셈이었어요?』

블레이크가 레아의 손에서 노트를 빼앗아 민호에게 내밀었다.

'휴.'

민호는 백팩에 노트를 넣으며 방문한 목적은 전부 클리어한 것에 안도했다. 이제 해변가에 숨겨놓은 제트 스키를 타고 야생 체험장이 있는 섬으로 돌아가면 얼추 일은 끝난다.

그렇게 안도하며 춤사위가 한창인 스테이지 쪽 인파에 시선을 던졌을 때였다. 주위를 두리번거리며 접근 중인 두 명의 동양인에게 민호의 눈이 고정됐다.

알고 있는 얼굴이었다. 웅산의 개인 경호원이었던 두 사람. 민호의 몸을 수색했었던 그들이 클럽에 나타났다.

'리앙하고 웨이였지?'

중국어 발음이었기에 이름은 확실치 않았으나 얼굴은 기억났다.

CIA를 피해 은신처에 숨어 있던 웅산을 보호해야 할 경호원들이 갑자기 클럽에서 '부비부비'를 즐기기 위해 나타났을 리는 없고. 마주치리라고 전혀 생각지 못했던 이들이기에 민호는 비숍의 손거울을 손에 쥐고 재빨리 머리를 굴리기 시작했다.

웅산이 사업을 잠시 접으려는 이유는 마카오의 권력자 린샤오의 눈 밖에 날 위험 때문이었다.

CIA에 협조하지 않더라도 금고에 있는 무기 정보가 사라지면, 의심을 받을 것이 뻔하니까.

그렇기에 그것을 막는 최고의 방법은 CIA의 작전을 방해하는 것이기도 했다.

이 사실을 말해 주려고 고개를 돌린 민호는 블레이크가 귀에 손을 대고 무전을 듣는 것을 보았다. 심각해 보이는 그녀의 표정에 점자시계를 터치해 바로 엿들었다.

─……1급 경고 상황. 작전이 노출됐다는 정보다. 블레이크. 즉시 레아를 데리고 그곳에서 나와.

『네?』

블레이크의 눈이 휘둥그레졌다.

치익.

─블레이크, 나 데이빗. 무기를 소지한 정체불명의 인원 셋이 호텔에 들어왔는데 CCTV 밖으로 사라졌어.

민호는 웅산의 부하 중 한 사람이 VIP룸으로 오르는 계단에 접근하는 것을 보고 한숨이 나왔다. 저들에게 얼굴을 들키면 그것도 낭패였다.

한쪽은 CIA. 한쪽은 마카오 암흑가의 갱.

누구의 편에 서야 하는지를 고민하는 것부터가 곤란한 선택이고, 선택해서도 안 될 일이었다. 그러나 이곳에서는 매끄럽게 빠져나가는 것이 우선이었다.

백팩 밑바닥에서 얼마 남지 않은 경직용액을 꺼냈다. 그리고 블레이크에게 말했다.

『레아를 부축해요. 제가 앞장 설 테니까.』

『미스터 M⋯⋯.』

『1층 스테이지에서 30분만 놀자, 블레이키.』

밖의 상황을 전혀 모르는 레아는 술기운에 또다시 비틀하며 블레이크의 팔에 매달렸다.

민호는 비숍의 지식을 통해 얼굴을 매만져 조금 더 중국인 느낌이 나는 인상으로 변장한 후에 문에 귀를 대고 기다렸다.

뚜벅뚜벅 걸어오는 소리. 문가의 경호원이 '물러서'라고 외치는 소리가 차례대로 들렸다.

찰칵.

권총을 장전하는 음이 들리자마자 민호는 문을 벌컥 열고 경호원을 겨누려 드는 웅산의 부하에게 번개처럼 뛰어들었다.

상대 권총의 장전 손잡이를 붙잡아 아래로 밀며 턱에 강력한 일격.

점자시계의 증가한 청각으로 상대의 고른 숨소리가 삽시간에 기절했을 때의 낮은 숨소리로 변한 것을 확인했다.

빼앗은 총을 1초 만에 간단히 분해해 바닥에 떨어뜨리자 문가의 경호원이 입을 벌리며 민호를 쳐다봤다. 그사이, 레아를 부축한 블레이크가 걸어 나오며 경호원에게 말했다.

『짐, 여기서 나가야 해요. 레아를 노리는 사람들이 있어요.』

『날 노려? 누가아~ 남자?』

레아는 독한 술을 연거푸 들이켜 반쯤 필름이 끊긴 듯 보였다.

민호는 아래쪽 계단에서 웅산의 다른 부하가 올라오는 기척을 확인하고 블레이크에게 물었다.

『안전가옥은 어디에 있죠?』

『여긴 없고, 홍콩에 있어요.』

-블레이크. 지휘 차량으로 와. 호텔 앞으로 이동 중이다.

무전을 똑같이 들은 민호는 계단 쪽에 몸을 붙이고 있다가 막 올라온 웅산의 부하 멱살을 붙잡고 앞으로 잡아끌었다.

쾅! 하고 벽에 부딪혀 신음하는 상대의 목을 움켜쥔 뒤에 영어로 물었다.

『레아에게 무슨 짓을 하려고 한 거지?』

제압당한 상대가 바닥에 기절해 있는 동료를 보더니 이글거리는 눈빛으로 침을 뱉으려 했다. 그러나 침이 묻으면 모양이 크게 빠진다는 '울트라' 위기감을 느낀 요원의 감이 민호의 몸을 자동 반응하게 했다.

머리를 옆으로 피하며 상대의 옆구리에 한방. 그리고 매끈한 제압기술이 아닌, 뺨을 후려쳐 버렸다.

짜악.

『어라? 미안, 말로 하자고 말로.』

『닥쳐!』

욕을 내뱉으며 다시 침을 뱉으려 들자 경동맥을 압박해 기절시킬 수밖에 없었다. 두 사람을 제압한 민호가 계단 아래를 가리켰다.

『가요.』

민호의 뒤를 따라 레아를 부축한 블레이크, 그리고 짐이라는 경호원이 움직였다.

『레아?』

『맞아, 레아다!』

엘리베이터에 탑승한 뒤, 로비가 있는 층에서 내리자마자 레아를 알아본 이들이 달려왔다. 짐이 제지하려 했으나 더 많은 팬이 알아보고 몰려들기 시작했다.

『미스터 M.』

호텔에 잠입했다는 인원은 셋이었기에 사람들 틈에 적이 있을지 모를 불안감을 느낀 블레이크가 민호를 불렀다. 앞장서서 경계하며 걷던 민호는 안심하라는 듯 손을 작게 흔들었다.

'그 사람 이름이 뭐더라? 홍위였나?'

웅산의 은신처에서 약간의 몸 다툼을 벌인 경호원의 얼굴은 기억에 확실히 남아 있었다. 보면 바로 알 수 있으리라는 생각에 자신감 있게 이동하는데 복도의 기둥에서 불쑥 튀어나온 그림자가 있었다.

반사적으로 손을 뻗었다.

상대가 민호의 주먹을 탁, 붙잡았다. 벨보이로 변장 중이던 작전팀장 밀스가 민호를 쏘아보며 말했다.

『레아의 사설 경호원 중에 중국계는 없는 걸로 아는데.』

『5분 전에 취직해서 말이죠.』

305호에서 마주쳤을 때와는 옷도 다르고, 경직용액으로 인상까지 확 바뀐 터라 단박에 알아보지 못한 듯했다. '제가 그 빌어먹을 미스터 M입니다'라고 설명하는 것도 이상했기에 민호는 담담한 웃음으로 때우며 말했다.

『전후사정은 일단 밖에 나가서…….』

싸한 느낌.

민호는 반지에서 피어오른 찌릿한 위기감에 고개를 돌렸다. 그리고 로비 쪽에서부터 품속에 손을 넣고 접근 중인 부리부리한 눈빛의 사내를 발견했다.

'저기 있었네.'

웅산의 부하 홍위가 레아를 발견하고 달려드는 팬들 틈에 섞여들었다. 이 많은 사람 앞에서 권총을 뽑는 순간, 사태는 걷잡을 수 없이 커져 버릴 것을 알기에 민호는 고민했다. 그리고 어쩔 수 없다는 생각에 백팩에 손을 넣어 서바이벌 키트의 주머니칼을 빼내 양복 소매에 감췄다.

『미스터 M?』

밀스가 그제야 민호를 보고 어이없다는 눈빛을 보냈다.

『밖에 나가서 정리하죠. 갈까요?』

최대한 자연스럽게 이동을 시작했다. 레아는 그 와중에 주위를 둘러싼 팬들을 보며 흐뭇한 미소로 말했다.

『사인? 좋지~ 나랑 한잔할래?』

『레아. 정신 좀 차려요.』

블레이크는 팬에게 돌진하려는 레아의 팔을 단단히 붙잡았다.

그렇게 로비에 도착한 순간, 홍위도 레아의 근처에 도착했다. 단순 암살이 목적이 아니라는 것은 대놓고 총알을 난사할 기회가 있음에도 은밀히 기동하는 것으로 어느 정도는 파악할 수 있었다.

홍위는 민호가 주시하고 있다는 사실을 모른 채로 레아의 1미터까지 근접했다.

『먼저 가요.』

민호는 블레이크에게 이렇게 속삭임과 동시에 레아의 뒤로 돌아나가 홍위를 가로막았다. 당황한 홍위의 앞섶에 주머니칼을 들이댄 채 포옹하듯 몸을 붙이며 말했다.

『천천히. 총 뽑는 속도보다 이 날이 박히는 게 더 빠르다는 건 잘 알 거야.』

민호는 홍위를 뒤로 물러 세웠다. 블레이크와 레아가 로비로 진입하고, 밀스와 짐이 벌 떼처럼 따라붙는 팬들을 마크하며 현관으로 이동해 갔다.

사람들이 사라지고 민호는 홍위와 단둘이 복도에 섰다.

『CIA를 대놓고 건드리기는 무섭고. 내일 파티에 가지 못하게 레아만 납치라도 할 생각이었나?』

아무 대답이 없었으나 상대의 몸이 움찔하는 것으로 사실임을 확인했다.

홍위는 코웃음을 치며 말했다.

『너희는 어차피 여길 떠나지 못해. 마카오는 우리 구역이니까.』

『동료가 더 있다고?』

민호는 로비 밖으로 시선을 던졌다. 팔뚝에 호랑이 문신을 한 사내들이 한쪽에서 우르르 몰려오는 것이 눈에 들어왔다. 그들 전부 마카오의 보통 시민이라고 치부하기에는 너무 대놓고 레아 쪽으로 따라붙는 중이었다.

'꼬이네.'

홍위가 그 틈에 몸을 비틀어 민호를 공격하려 들었다. 웅산의 저택에서도 당하지 못한 자신을 이제 와 상대할 수 있을 리 만무한 일.

상대의 가슴을 주머니칼 밑 부분으로 강타한 뒤에 상체를 숙이는 그의 명치를 무릎으로 찍었다. 풀썩하고 쓰러지는 그의 몸을 붙잡아 기둥 뒤로 잡아끌어 놓고 아무 일 없다는 듯 나왔다.

호텔의 CCTV에 찍혔을 테지만, 전체를 해킹 중인 CIA 요원 데이빗을 믿고 그대로 달려 나갔다.

『블레이크, 뛰어요!』

입구에 도착해 있던 블레이크가 이 외침에 이동속도를 높였다.

따라붙기 시작한 호랑이 문신 사내들은 웅산의 경호원이 아닌 다른 갱조직이었다. 새로 소개받았던 장물업자의 이름이 '백호'였으니까. 결국 마카오 암흑가의 연합조직이 움직이고 있다는 소리.

'위기를 못 본 척 나 혼자 몸을 숨기기도 그렇고.'

어쩔 수 없이 민호도 레아의 뒤를 호위하듯 달렸다. 가장 가까이에 따라붙은 조직원의 등을 밀치며 일행 후미에 붙었다.

끼이익.

딤섬 판매로 위장한 CIA 작전 차량이 도착했다. 뒷문이 열리고 블레이크와 레아가 올라섰다. 뒤이어 밀스와 짐이. 그리고 민호까지 올라타자 바로 차량이 출발했다.

「14시간 전」―마카오, 도로 위.

밀스가 차량 앞쪽으로 걸어가며 소리쳤다.

『네이든! 어떻게 된 겁니까?』

『진정해, 밀스.』

『진정하게 생겼습니까? 작전이 망할 조짐이 보이는데?』

『지역 공안에게 협조를 받던 중에 레아가 CIA와 일을 하고 있다는 정보가 샌 것 같아. 어떤 세력에 흘러들어 갔는지 파악 중이야.』

『그렇다면 린샤오 귀에 들어가는 건 시간문제 아닙니까? 차라리 'SEAL'을 부르죠.』

네이든은 고개를 저었다.

『무력 해결은 가장 최후의 수단이 돼야 해.』

의자에 털썩 주저앉는 밀스의 어깨에 네이든이 침착한 표정으로 손을 올렸다.

『성과를 내지 못해서 내가 경질되면 어차피 자네가 이 팀을 이끌게 될 거야. 그러니 조금만 인내하고 기다려 보게.』

잘린다는 소리를 가볍게 내뱉는 초연한 태도의 네이든에 밀스는 한숨을 푹 내뱉고 아예 고개를 돌려 버렸다.

네이든은 그제야 민호 쪽으로 눈을 돌렸다.

『미스터 M, 어서 오게. 은퇴한 날 도로 불러낸 장본인을 이렇게 보게 되니 감회가 새롭군.』

민호는 비숍의 추억 속에서 목격했던 인상 좋은 외국인 아저씨의 얼굴에서, 딱 세월의 무게감만 더한 얼굴의 네이든을 보고 반가운 마음이 일었다.

『상황이 좀 꼬이긴 했지만, 블레이크 요원에게 이야기는 들었을 줄 알고 말하겠네. 우리 팀과 일해볼 생각 없나?』

그러나 반가운 건 반가운 것이고, 지금 자신은 국제정세는 커녕 한국 정세에도 별반 관심이 없었다.

『제안은 고맙지만 사양하겠습니다.』

『강요는 않겠네만, 문은 언제나 열려 있다네.』

덜커덩.

차량이 좁은 길에 접어들었는지 흔들렸다. 레아를 의자에 억지로 앉히고 두 사람에게 다가서던 블레이크가 '안 돼!' 하는 신음과 함께 균형을 잃었다. 민호가 팔을 뻗어 그런 그녀의 손을 붙잡았다.

『고마워요.』

『별말씀을.』

아무렇지 않은 표정의 민호와는 달리 블레이크는 슬그머니 민호의 눈치를 살폈다. 네이든은 그런 모습을 보고 묘한 미소를 지었다가 정보수집 중인 데이빗의 연락을 받고 무전기를 켰다.

–홍콩으로 진입하는 도로 쪽에 무장한 갱단이 깔렸습니다.

이대로는 마카오를 빠져나갈 수 없다는 난감한 소식. 민호는 새벽 4시가 넘었기에 이제는 정말 돌아가야 함을 느끼고 급한 마음에 방법 하나를 제시했다.

『레아 혼자라면 안전하게 빠져나갈 루트가 하나 있어요.』

마카오 남부 해변 도로.

잠든 레아를 등에 업은 민호가 차량에서 내려섰다. 그런 그를 보조하기 위해 블레이크까지 내려서자 차량은 곧바로 이동해 떠나갔다.

─정리 끝나면 부를 테니 그 섬에서 몸 잘 숨기고 있어.

네이든의 무전이 블레이크의 귓가에 울렸다.

『가요, 블레이크. 저 앞에 있어요.』

해변가로 내려서며 블레이크는 민호의 등에 시선을 던졌다. 정체불명인 상대를 신뢰할 수 없다는 밀스의 말은 어느 정도 일리가 있었다. 하지만 어떤 상황에서도 당황은커녕 매번 놀라운 해결책을 제시하는 미스터 M의 능력에는 반하지 않을 재간이 없었다.

최고의 능력을 가졌으면서도 어딘지 장난스러운 매력이 철철 넘치는, 그녀로서는 한평생 만나본 적 없는 종류의 사내.

'강민호. 이게 그의 진짜 이름일까?'

어두컴컴한 해안가 저편으로 동이 터오는 것이 보였다.

『블레이크. 제트 스키가 2인승이긴 한데 꽉 붙잡으면 셋이 타고 갈 수 있을 거예요.』

민호가 해안가에 숨겨둔 제트 스키를 밀어 바다 위에 올리며 말을 이었다.

『다만, 한 사람은 자세가 좀 불편할 수도 있어요.』

『어떻게 타면 되죠?』

부아아아-!

"동해물과 백두산이 마르고 닳도록⋯⋯."

민호는 제트 스키를 운전하며 끊임없이 애국가를 중얼거렸다. 술에 뻗어 버린 레아가 등 뒤에 끈으로 꽉 묶여 있는 탓에, 파도에 살짝 점프라도 하면 자꾸만 그녀의 살결이 비벼지며 등을 자극해 왔다.

출렁.

"하느님이 보우하사아아-!"

그러나 문제는 등 뒤만이 아니었다.

민호는 그의 정면에서 제트 스키의 진행 방향과는 정반대로 앉아 자신을 꼭 끌어안고 있는 블레이크에게 시선을 던졌다.

허벅지와 허벅지. 가슴과 가슴. 파도 위를 넘을 때마다 곳곳이 마찰하며 자극이 심각해졌다. 거기에 자신의 시야 확보를 위해 얼굴까지 옆으로 바짝 숙인 탓에 목 부근에 그녀의 입김이 닿아 자꾸만 간지럽게 해왔다.

출렁.

이번엔 차마 말로 표현하지 못할 부위가 비벼졌다.

"우리는 국가와 국민에 충성을 다하는 대한민국⋯⋯."

민호가 애국가에 이어 다신 입에 담기 싫었던 육군복무신조까지 주문처럼 자꾸만 중얼거리자, 한국어를 전혀 모르는 블레이크가 물었다.

『불편한가요? 제가 이렇게…….』

블레이크가 꿈틀하며 자세를 바꾸자 민호가 절규했다.

『움직이지 마요, 제발!』

62.
미션 파서블 : 마카오 로얄 (5)

「12시간 전」―미들 아이슬란드.

우렁찬 엔진음과 함께 제트 스키 한 대가 선착장에 닿았다. 간밤에 제트 스키를 잠깐 타보고 오겠다던 체험자가 해가 떠오름에도 돌아오지 않아 잔뜩 걱정하고 있었던 울프가 황급히 선착장으로 달려왔다.

『미스터 강! 이렇게 늦게 오면……?!』

그러다 민호의 등에 업혀 함께 내려서는 여인을 보고 순간 말문이 턱 막히고 말았다.

『울프. 여기는 미스 레아. 오늘 이 섬에서 잠깐만 신세 져도 될까요?』

사인을 받아오겠다더니 본인을 데리고 와버렸다.

『그, 그, 그게…….』

이것이 꿈인지 생시인지 모르겠다는 표정이 된 울프가 안
내한 곳은 서바이벌 아카데미 본관에서도 전망이 끝내주는 3
층의 게스트 전용 숙소였다.

『여기서 지내면 될 거다.』

인사불성인 레아를 방 안 침대에 눕히며 민호가 고개를 숙
였다.

『감사합니다, 울프 교관님.』

『감사는 뭐. 내가 더 고맙…… 흠흠. 그런데 미스터 강. 레
아와는 무슨 사이인 거지?』

민호는 뒤따라 들어온 블레이크를 힐끔 본 뒤에 미리 맞추
어 놓은 대답을 했다.

『별 사이는 아니에요. 친구의 친구죠. 레아가 밤에 클럽에
갔는데 파파라치가 극성을 부려서 부득이하게 이리 오게 됐
어요.』

『저런, 파파라치?』

어느 놈인지 잡히면 다리몽둥이를 부러뜨려 버리기라도
할 것처럼 우락부락한 근육을 불끈하던 울프가 말했다.

『옆의 경호 레이디는 이름이 뭐라고 했지?』

『알렉산드라예요. 알렉이라고 불러 주세요.』

『그래, 알렉. 필요한 거 있으면 언제든 불러.』

블레이크가 미소와 함께 고개를 숙였다. 거실로 나온 울프가 민호의 어깨에 손을 올렸다.

『미스터 강. 오전 스쿠버 훈련은 8시야. 그때까지 쉬고, 선착장에서 보지.』

『가, 감사합니다.』

휴식까지 배려하는 울프의 얼굴은 이전의 무뚝뚝함은 온데간데없이 포근하기만 했다. 민호는 호랑이 교관이 근육천사로 돌변한 김에 주머니에 있는 지포 라이터를 손에 들고 말했다.

『교관님, 이 행운의 부적 오늘 체험 종료까지 빌려도 될까요?』

『그럼, 그럼.』

울프는 대수롭지 않게 고개를 끄덕이다 목소리를 낮추고 물었다.

『근데 레아가 언제쯤 간다고?』

민호와 블레이크가 시선을 교환했다. 네이든은 상황 정리가 끝나고 새 작전을 짜기까지 시간이 좀 걸리리란 예측을 했었다.

『아마도 오후?』

『알겠어.』

울프는 입가에 웃음이 만발한 채로 점심은 특제 코스로 준비하겠다느니, 최고급 요트를 섭외해서 유람을 시켜주겠다느니 하는 달뜬 기대를 내비치고 밖으로 나갔다.

그가 떠나고, 민호와 블레이크는 거실의 소파에 걸터앉았다.

『저분 뭐하는 사람이라고 했죠?』

『서바이벌 체험 교관이에요. 영국 특수부대 출신이라는데 실력은 보장할 수 있어요.』

『미스터 M은 그럼 여기서…….』

무얼 하고 있었느냐는 궁금증 어린 눈길에 민호는 생각해 둔 대답을 말했다.

『'쇼 비지니스'와 훈련을 겸해서 일하고 있었죠. 아, 그리고 여기서는 아까 말했다시피 저를 '강민호'라고 불러야 해요.』

"……갱미노우?"

"갱? 노노. 가앙, 미인, 호오."

블레이크는 확실히 기억하려는 듯 몇 번 더 '미노우'를 연습했다.

『한국어 발음이 아직 익숙지가 않네요.』

『그 정도면 괜찮으니 억지로 발음 맞출 필요 없어요.』

『당신은 어떻게 그렇게 모든 언어 발음이 좋은지 모르겠어요. 특수 훈련을 받은 건가요?』

『그…… 렇다고 봐야겠죠?』

자력으로 4개 국어를 하는 블레이크의 감탄 섞인 눈길에 민호는 헛기침하며 반지를 쓰다듬을 뿐이었다.

섬에 오기 전, 민호는 협조를 빌미로 신분보장은 확실히 해달라고 못 박아 두었다. 네이든은 신뢰할 수 있다고 비숍이 보증했기에 쿨하게 정체를 밝히긴 했지만, 다들 '한국의 연예인'으로 신분세탁 중인 미스터 M이라고 생각한다는 것이 문제라면 문제였다.

'정의의 편이라 했으니 이상한 요구는 하지 않겠지.'

편하게 앉게 되자 밤새 쉬지 않고 달린 피곤의 여파가 엄습해 왔다. 민호는 소파에 깊게 몸을 기대며 말했다.

『저 잠깐 눈 좀 붙일게요.』

『그래요. 제가 그동안 경계를…….』

『그럴 필요 없어요. 여긴 국제 정세는커녕 동네 정세도 신경 안 쓰는 사람들뿐이니까.』

하품한 민호는 호리병을 흔들어 취화정으로 바꾼 뒤에 아주 살짝 입에 대고 긴급 꿈나라 여행 속으로 빠져들기 시작했다.

『블레이크도 오후까지 푹 쉬어요. 저는 그럼…….』

『미스터 M. 아니, 미노우.』

이미 숙면모드에 돌입한 민호는 블레이크의 부름에 부스

스 반응했다가 뭔가를 웅얼거리더니 채 대답을 다 못하고 고개를 푹 떨어뜨렸다.

『많이 피곤했나 봐.』

잠든 민호의 얼굴을 지긋이 바라보던 블레이크는 그의 자세가 좀 불안해 보여 옆으로 다가가 고개를 똑바로 고정해 주었다.

"Good night."

밤은 아니지만 정겨운 목소리로 인사를 건넨 블레이크는 입가에 웃음이 번지는 것을 느끼고 뺨을 매만졌다.

『진정해, 블레이크. 요원의 수칙을 잊으면 안 돼.』

현장 일 이전에 정보 분석을 담당하며, 감정에 휘둘리다 끝내 좋지 못한 최후를 맞이한 사람들을 참 많이 목격했었다.

냉정. 그리고 냉정.

그러나 눈앞의 저 남자 앞에서는 도무지 쉽지가 않았다. 그렇게 완벽해 보이던 사람이 한순간 어찌 저리 천하태평, 무방비한 모습을 보이는 건지. 그만큼 자신이 편하다는 소리일까?

『반하지 마. 절대.』

블레이크는 임무의 대상인 안방 침대에 누워 있는 레아에게 시선을 던졌다. 당장 일어날 것 같지는 않은 상태. 술을 그리 마셨으니 당연한 일이었다.

"흠냐, 백룡검 기다려라. 내 기필코……."

옆에 꿀 같은 잠을 자며 잠꼬대까지 하는 민호를 보고 있자니 블레이크도 조금씩 눈이 감겨왔다.

『그가 일어날 때까지 버텨야 해.』

짧게 하품하던 그녀는 푹신한 소파의 유혹을 이기지 못하고 몸을 기댔다.

『5분만 누워 있을까?』

후드득.

잔잔한 빗소리가 민호를 깨웠다. 객실의 창밖으로 선선한 바람과 함께 촉촉한 물 냄새가 밀려들어 왔다.

얼마나 시간이 흘렀을까?

빗방울이 유리창에 하나둘 들러붙고 있는 것을 물끄러미 지켜보던 민호는 오른쪽 주머니 속에서 지잉, 하고 진동을 일으키는 물체 때문에 정신이 번쩍 들었다.

'전화?'

민호는 주머니를 뒤적거려 손에 쥐었다. 화면에 '아버지'라는 발신인이 떠 있었다.

"여보세요?"

-나다. 웅산은 잘 만났어?

"어휴, 말도 마세요. 아버지 안부를 반갑게 묻더군요. 그 집 경호원이 뭘 손에 들고 경비를 서는지 직접 보셨어야 하는……."

통화하던 중, 민호는 왼쪽 어깨에서 느껴지는 묵직함에 고개를 돌렸다가 눈이 커졌다. 블레이크가 자신의 어깨에 기대어 곤하게 잠을 자고 있던 것이다.

'어라? 왜 여기서…….'

잠들기 전의 상황을 알 길이 없는 민호에게 윤환의 목소리가 이어졌다.

-웅산이 그 세계에선 꽤 잔뼈가 굵은 사람이라고 했잖아. 요즘 같은 시대에 리스크 없이 유물을 모으는 건 쉽지 않은 일이야. 아무튼, 무사히 끝났으면 다행이고. 대금은 잘 치렀지? 걔들은 돈 문제 확실히 안 하면 뒤끝이 장난 아니거든.

옆에 CIA 요원을 대동하고 있는데, 간밤에 작전을 방해하려던 원흉과 관련된 이야기를 나눌 수는 없는 일.

"그게요, 아버지. 제가 지금 길게 얘기할 상황이 아니에요."

-알았다. 물건 들고 인천공항에 도착하면 통관기획과 과장 찾아가 봐. 미리 언급해 두었으니 통과가 어렵진 않을게다.

"그럴게요."

『으음.』

블레이크가 한차례 뒤척이며 민호의 허리에 손을 감았다. 왼팔을 타고 전해지는 진한 밀착감에 민호는 꿀꺽, 그도 모르게 침을 삼켰다. 그녀는 숨소리가 매우 고른 것이 자신을 끌어안고 자는 베개쯤으로 여기는 모양이었다.

　-웬 신음? 옆에 여자냐?

　"오, 오해 마세요. 그럴 일이 있었어요."

　통화를 끊으려던 민호는 혹시나 하는 마음에 아주 작은 목소리로 소곤거렸다.

　"아버지, CIA와 일해본 적 있어요?"

　-민호야.

　"네?"

　-까불다 인터폴에 지명수배라도 되는 날엔 그날로 호적에서 파버린다.

　달칵.

　냉정한 말을 남기고 윤환이 전화를 끊었다.

　민호는 혀를 차며 블레이크에게 시선을 돌렸다. 제트 스키를 타고 오면서 본의 아니게 부비부비를 하긴 했지만, 지금은 그보다 더 오해를 살법한 상황이었다.

　'설마? 블레이크가 나한테 관심이……?'

　상상하던 민호는 말도 안 된다며 픕 웃고 말았다. 외국에서 동양계 남자가 받는 취급은 최하위라는 기사를 본 적 있었다.

그게 전부 사실은 아닐지라도, 일단 살아온 가치관부터 전혀 달랐다. 거기다 엘리트 집단인 CIA에는 자신보다 스마트하고 핸섬한 작전요원 천지였다. 비숍만 해도 간단한 변장만으로 미남처럼 꾸밀 수 있는 마당에 말이다.

피곤해서 그런 거려니 허리에 감긴 그녀의 손을 푸는데 방 안쪽에서 인기척이 들려왔다.

『아우, 목말라. 블레이키. 나 시원한 물 좀…….』

어느새 깨어난 레아가 현기증이 나는 듯 비척거리며 방 밖으로 걸어 나왔다.

그녀는 소파에 앉아 있는 민호와 블레이크를 보더니 비가 내리는 창밖 전경으로 시선을 돌렸다. 그리고 간밤의 일을 고민하는 듯 턱을 긁적이다 '여긴 어디? 난 누구?'라는 눈빛이 되어 버렸다.

『저어, 미스 레아. 어디까지 기억나세요?』

민호를 본 레아가 싱긋 웃으며 손가락으로 가리켰다.

『아시아 가이!』

『그리고요.』

『블레이키 애인?』

클럽의 VIP룸에서 처음 본 순간에도 이미 술이 잔뜩 취해 있었다는 사실을 파악한 민호는 어디부터 설명해야 할지 난감한 표정이 됐다.

푹 자는 블레이크를 강제로 깨워서라도 하나하나 이야기해 줘야 할 것 같아 고민하는데, 몸을 뒤척이던 그녀가 또다시 손을 감아 왔다.

『브, 블레이크!』

민호가 하는 수 없이 블레이크를 흔들었다. 스르르 눈을 뜬 그녀는 민호가 코앞에 앉아 있는 것을 보고 화들짝 놀라 소파에서 일어났다.

『미안해요. 잠깐 눈만 붙이려다가…….』

『꼭 붙어 잤다 이거지?』

레아가 둘의 모습에 뭔가를 감지한 눈빛이 되어 불쑥 끼어들었다.

『블레이키가 이렇게 친근하게 구는 사람은 처음 봐. 우리 에이전시에 잘생긴 동료 배우들한테도 쌀쌀맞더니. 적극적인 스타일인 줄 몰랐네.』

『레아!』

곤란해하는 블레이크를 보며 레아가 눈웃음을 지었다.

『그나저나, 나 왜 호텔방이 아니라 이런 곳에 있는 거지? 오, 여기 섬이네?』

창밖을 내다보며 신기해하는 레아에게 블레이크가 어젯밤의 사정을 설명하기 시작했다. 민호는 오전 8시가 다 되어가는 것을 확인하고 짐부터 챙겨 들었다.

『레아가 정신없이 노니까 이런 일이 생긴 거 아니에요.』

『또 열 내기 시작하네. 어쨌든 다 무사하잖아.』

『그게 누구 때문인 줄은 알아요? 그리고 작전이 틀어졌다고요, 작전이!』

똑똑.

노크 소리에 세 사람의 고개가 돌아갔다.

"민호 씨."

공 매니저의 목소리였기에 민호가 반응해 문을 열었다.

"계셨군요. 하 PD님께 이상한 소리를 들어서 말이죠. 무슨 레아 테일러가 이 섬에 왔다고, 카메라에 잘못 찍히면 초상권 문제로……."

『틀어졌다고? 잘됐네. 그럼 나 막 움직여도 되는 거지?』

팡! 하고 문을 밀치고 복도로 나가는 레아. 공 매니저는 순간 그의 옆을 스치고 지나간 백인 여성이 누구인지 골똘히 생각하다 안색이 변했다.

"레, 레아 아닙니까?"

"그게요, 공 매니저님."

설명을 한참 해야 하기에 머릿속에서 정리하며 얘기를 하려는데, 거실에서 분을 삭이던 블레이크가 레아를 붙잡기 위해 복도로 나오며 소리쳤다.

『멈춰요, 혼자 움직이지 말라고 했잖아요!』

블레이크까지 휙 지나치자 공 매니저가 손가락으로 그녀를 가리키며 말했다.

"저분은 어제 오셨다던 민호 씨 지인 맞죠? 소문의 그 아름다운 외국인 아가씨."

"소문? 암튼, 맞아요. 알렉이라고 레아의 경호원이죠. 파파라치 관련해서 안 좋은 일이 있어 잠깐 섬에 들렀어요."

공 매니저는 "그랬군요" 하고 멍하니 대답하다 이내 정신을 차리고 말했다.

"민호 씨의 글로벌한 인맥에 미처 대응하지 못한 점 사과드립니다. 이거, 저도 이제부터 영어 공부 열심히 해야 할 것 같습니다."

"그렇게까지 하실 필요는 없어요. 그런데 초상권이라고요?"

"하 PD님이 궁금해하셨습니다. 모자이크 처리하면 되는 건지, 아니면 카메라 앵글에 들어오지 않도록 조치해야 하는 건지."

"음, 제가 한번 물어볼게요. 그리고 이것 좀 챙겨 주세요."

민호는 간밤에 구매한 검이 담긴 원통과 백팩을 공 매니저에게 넘긴 후에 2층으로 내려가는 계단 앞에서 다투고 있는 두 사람에게 다가섰다.

『잠시만요.』

두 사람이 고개를 돌렸다.

『레아, 이 섬 곳곳에 한국의 쇼 촬영차 카메라가 돌고 있어요. 얼굴이 찍혀도 되는지 관계자가 물어보네요.』

『쇼? 출연 섭외하는 거야?』

『그런 건 아니에요.』

레아는 계단 아래쪽으로 보이는 카메라와 촬영장비들을 확인하고 말했다.

『블레이키. 이 '아시아 가이' 너희 파티 식구 아니었어?』

『알렉이라고 했잖아요. 그리고 '민호'는 지금 프리랜서로 식구는 아니에요.』

『아하, 스카웃 단계다 이거야? 그래서 유혹하고 있는 중? 어쩐지 과감하더라니.』

『레아!』

피식 웃은 레아가 민호에게 말했다.

『에이전시에게 말해둘게. 그리고 무슨 쇼야?』

『리얼리티 쇼 계열이라고 봐야겠죠. 정글 들어가기 위해 훈련 중이에요. 울프 교관이랑 가이드들과 함께.』

레아의 시선이 창밖으로 돌아갔다. 빗속에서 마당을 달리며 조깅 중인 가이드. 몸 좋은 사내 다섯이 웃통을 벗은 채로 달리는 모습에 레아의 얼굴이 환해졌다.

『저 사람들이랑 같이 훈련한다고?』

『네.』

레아가 블레이크의 손을 붙잡았다.

『우리도 구경하러 가자.』

『무슨 소리예요?』

『오후까지 할 일도 없다며? '큐트 가이'들이 저렇게 돌아다니는데 눈요기는 해야지.』

『말이 되는 소릴 해요. 이 사람들은 아카데미에 비용을 내고 정규 훈련 프로그램을 진행 중이라고요. 거기에 갑자기 어떻게 끼어들겠다고…….』

민호는 이곳의 교관이자 책임자인 울프를 떠올리고 그건 전혀 문제될 것 없다는 말을 해주려다 그만두었다. 그 당사자가 막 계단 위로 올라오고 있었기 때문이었다.

『레이디! 일어났군요!』

「10시간 전」—미들 아이슬란드 ~ 리펄스 베이.

추적추적 비가 내려 물안개가 피어오른 숙영지에서 '맨 앤 정글' 출연진들은 하산 준비를 시작했다.

"으휴, 끈적해. 갑자기 비람. 밤새 추위에 버텼더니 아침에 이렇게 보상을 받네요."

"그나마 일 년 내내 더운 땅이라 다행이지. 처음에 스킨 스쿠버 한다니까 좀 참아 봐."

한소유의 투덜거림에 황지석도 동의한다는 듯 고개를 끄덕였다. 그러다 바위 옆에서 나뭇잎 지붕을 박차고 벌떡 일어나는 심광석에게 고개를 돌렸다.

"으잉? 비가 오네."

피곤한 기색이 전혀 없는 심광석에게 황지석이 말했다.

"광석 쉐프는 푹 잤나 봅니다."

"응, 민호 아우가 만든 집이 의외로 따뜻하더라."

"아오, 나도 차라리 땅을 파고 자는 건데. 모닥불 옆에서 자겠다고 껍죽대다 불만 꺼트리고. 어라? 민호 씨는요?"

"모르겠어. 밤에 잠깐 어디 갔다 온다더니. 아래쪽에 있나?"

그들 사이로 우의를 몸에 곱게 두른 정승기가 다가왔다.

"잘들 주무셨습니까?"

"와, 승기 씨는 언제 그렇게 바꿔 입었데요?"

한소유가 감탄하며 묻자 정승기는 속으로 웃음을 흘렸다.

빗방울을 감지하자마자 바닥에 깔아두었던 판초우의를 착착 접어 옷처럼 만든 뒤 착용했다. 울프가 그것을 보고 칭찬까지 하는 모습이 곳곳에 설치된 고정 카메라에 고스란히 담겼다.

'후후.'

정승기는 그렇게 아침부터 한 건 했다고 즐거워하며 하산을 시작했다. 뽀송뽀송한 속살을 유지한 채로 '예감 좋은 날'

이란 곡을 콧노래로 부르며 언덕길을 내려가던 그는 저 멀리 야생 체험장에 카메라가 바삐 돌고 왁자지껄한 것을 보고 무슨 일인지 궁금한 표정이 됐다.

"형님!"

"어, 민호 아우! 어디 갔었어?"

그러다 하산하는 심광석을 반갑게 맞이하는 강민호를 발견했다.

"죄송해요. 비 많이 안 맞으셨어요?"

"이 정도 보슬비야 괜찮아."

"오늘 체험도 잘 부탁해요."

"나야말로."

수상 스포츠에 종합 평가까지. 오늘은 확실히 밟아 주리라 다짐하며 야생 체험장의 넓은 마당에 들어선 정승기는 멈칫하고 말았다.

'어제 그 여자잖아? 알렉이었나?'

왜 알렉이 스태프들 틈에 서 있는 건지 의문을 느끼며 좀 더 걷던 정승기는 새하얀 피부의 한 여성을 발견하고 눈이 튀어나올 정도로 놀랐다.

"레, 레아 테일러?"

정승기의 외침에 뒤따르던 황지석이 놀라 달려왔다.

"어디? 어디?"

황지석도 마당에서 서 있는 레아를 보고 눈이 휘둥그레졌다. 울프의 개인 코치를 받으며 뭔가를 깎는 중이었는데, 척 보니 어제 오후 모두 참여했던 생존도구 제작 체험이었다.

정승기가 울프의 뒤로 다가가 말했다.

『저희 왔습니다, 울프 교관님.』

『어, 그래. 가이드들 따라서 선착장에 있는 보트 타.』

'……'

얼굴조차 쳐다보지 않고 손만 휘젓는 울프의 시선은 온통 레아에 꽂혀 있었다.

정승기는 VJ들의 집중 촬영은 물론이고 하늘에서 헬리캠까지 레아를 향해 렌즈를 돌리고 있는 이 상황에 믿기지 않는다는 얼굴이 됐다. 그녀 같은 헐리웃 대스타가 왜 여기에 서바이벌 체험을 하러 온 걸까?

'저건 강민호라도 안 돼.'

그렇게 주목받기는 글렀다는 생각을 하며 등을 돌리던 정승기는 옆을 지나는 심광석과 강민호의 대화에 발끝에서부터 등골까지 휘몰아치는 저릿한 냉기를 느껴야 했다.

"레아가 민호 아우 친구라고?"

"친구의 친구요."

"아무튼. 울프가 정글에서만 볼 수 있는 고급 식재료 갖고 점심 요리까지 허락했어?"

"네, 대신 교관님이 평가 기준은 레아 입맛이라고 하셨어요. 그때 형님 요리 도구 좀 빌려도 될까요?"

"그럼~ 다 써도 돼."

정승기는 말문이 막힌 채로 아무렇지 않게 걸어가는 민호에게 시선을 던졌다.

단순 지식을 비교하는 거야 더 노력해서 이기면 되고, 몇몇 분야에서는 분명히 자신이 우위에 있다고 확신까지 들었었다.

그러나…….

영화의 기본 개런티만 수천만 달러에 달하는 헐리웃의 여신, 레아 테일러가 지인이라니.

정승기는 몰랐다. 소름이 끼치는 상황은 이제 겨우 시작이라는 것을.

습식잠수복, 부력장비, 중량 벨트를 착용한 채 바닷속을 탐험하는 스킨 스쿠버 체험은, 당연히 한소유의 독무대가 될 것으로 생각했다.

하지만 물 만난 물고기처럼 바닷속을 유영하는 민호의 움직임은 전문 잠수부 뺨칠 수준이었다.

"푸하―"

수면 위로 고개를 내민 민호가 입에 물고 있던 산소 호흡기를 빼내자 보트 위에 있던 심광석이 물었다.

"민호 아우, 손에 그거 뭐야?"

"아, 혹시 요리에 필요할지 몰라 잡아 왔어요."

"맨손으로?"

"울프 교관님 생존스킬이 그러네요. 그걸 좀 닮고 싶어서 해봤어요."

물고기와 조개가 잔뜩 든 그물망을 보트 위에 올린 민호가 다시 잠수하기 위해 호흡을 가다듬었다.

"하여튼 재주꾼이라니까."

다음 차례 잠수를 기다리던 정승기는 이다음 체험으로 예정된 제트 스키를 보며 전의를 불태웠다. 이것만큼은 여러 번 타 봤기에 어느 정도 자신 있었다.

부아아아-!

급회전과 파도를 탄 점프. 속도를 올리며 리펄스 베이 앞 바다를 활개치고 다니던 정승기는 원거리 카메라를 향해 잔뜩 실력을 뽐내다가도 자꾸만 고개를 좌우로 돌려 강민호를 찾았다.

'이 자식은 어디 있어? 제트 스키는 안 될 것 같으니 내뺐나?'

그사이 앞에서 버벅이던 한소유가 조작 실수로 바다에 빠졌다.

"엄마!"

풍덩.

제트 스키는 스크류가 아니라 압축펌프에서 물을 쏘아 보내는 방식이라 넘어지더라도 그리 위험하지 않았다. 부메랑처럼 큰 원을 그리며 원위치로 돌아오는 제트 스키에 한소유가 다시 올라탔다.

"탈 만해요?"

"승기 씨~ 이거 어렵네요. 좀 가르쳐 줘요."

"처음에는 앉아서 균형을 잡는 연습부터 해봐요."

"승기 씨, 나도!"

심광석까지 친절한 정승기의 교육에 합류했다. 그렇게 두 사람에게 조언을 하며 약간의 우월감을 맛보던 정승기는 물속에서 거품이 보글 이는 것을 보고 '뭐야?'하고 눈을 돌렸다.

그때였다.

촤아아아아―!

수중잠항을 했다가 물 위로 솟아오르는 제트 스키 한 대가 있었다. 펌프에 잔뜩 응축되어 있던 물줄기가 하늘로 15미터는 족히 솟아오르며 그림 같은 장면을 연출하자, 촬영 팀은 물론이고 해변가에서 일광욕을 즐기던 관광객들까지 시선을 집중했다.

'강민호? 미친!'

민호의 운전은 그것이 끝이 아니었다. 수심 1미터에 잠긴 상태에서 얼굴만 내놓고 달리는 입수질주. 파도를 타고 5~6미터를 날아오르며 공중제비를 펼치는 점프.

"저거 민호 아우잖아? 완전 정신 놓고 즐기네. 우린 언제쯤 저렇게 탈 수 있을라나."

"와, 민호 씨 잘 탄다."

정승기는 민호의 제트 스키 실력에 감탄했다가 고개를 흔들었다.

'저 까짓것 나도!'

그렇게 앞으로 달려가며 수중잠항을 시도한 정승기는 바닷물을 한바가지 먹은 채로 솟구쳐 올랐다가 손잡이를 놓치고 바다에 풍덩 빠져 버렸다.

카약에서, 수상스키에서.

오늘이 지나면 더는 울프의 애장품을 접할 기회가 없으리라 판단한 민호의 과감한 활용은 끊이지 않고 이어졌다.

「7시간 전」—리펄스 베이, 고급 요트.

비가 그치고, 어느새 작열하는 태양이 내리쬐고 있는 바다 위. 리펄스 베이의 근해에서 한가로이 떠 있는 요트의 지붕 위로 일광욕을 즐기는 두 사람이 있었다.

『미스터 울프.』

『네, 레이디.』

레아는 아침부터 계속해서 이것저것 챙겨주는 서바이벌 교관 울프에게 물었다.

『군인 출신이라고 했죠? 이런 식의 아카데미를 운영하는 이유가 뭐죠?』

울프는 잔뜩 무게를 잡고 대답했다.

『아마추어 권투선수가 머리에 헤드기어를 쓰는 건 결정적인 부상을 방지하고 빨리 정신을 차리기 위함입니다. 생존을 위해 미리 여러 기술을 숙달시키는 것은 이것과 같아요. 그래야 갑작스러운 한 방 펀치에 쓰러지지 않거든요.』

『미스터 울프는 이런 시대에 생존기술이 필요한 상황이 올 거라 생가 하나 봐요?』

『미국만 해도 홍수와 폭설, 강풍과 토네이도 같은 물 재난이 잦은 나라지 않습니까? 동남아 쪽에서는 쓰나미가 빈번히 일어나고. 자연재해는 멀지 않은 곳에 있습니다, 레이디.』

『그 얘기를 들으니 일리 있어 보이네요.』

고개를 끄덕이며 몸을 돌아눕던 레아는 요트 끝에 앉아 바다 한곳을 유심히 쳐다보고 있는 블레이크에게 시선이 머물렀다.

뭘 그리 쳐다보고 있나 같은 방향에 시선을 던져보니, 그

'아시아 가이'가 서핑보드에 올라타 해맑게 웃으며 파도를 가르고 있는 모습이 보였다.

『알렉.』

레아의 부름에도 블레이크는 반응하지 않았다.

『알렉산드라!』

조금 더 목소리를 높이자 그제야 황급히 고개를 돌린 블레이크가 대답했다.

『네, 레아. 뭐 필요한 거 있어요?』

『내가 아니라 그쪽이 필요해 보여서.』

『뭐가요?』

『저 남자. 가서 같이 즐겨. 내 경호는 여기 미스터 울프가 고맙게도 도맡아 해주고 있으니까.』

레아의 칭찬에 울프는 송아지 같은 눈망울로 '그럼, 그럼'하고 얼굴을 아래위로 크게 흔들었다.

『아니요, 그럴 순 없어요.』

『왜? 관심 있는 거 아니었어?』

『그러니까요.』

블레이크는 계속해서 '반해서는 안 된다'를 중얼거렸다.

「5시간 전」-미들 아이슬란드, '와일드 울프' 본관.

오후 1시가 되자 '맨 앤 정글' 출연진들은 생존훈련의 마지막 코스인 정글 희귀 식재료 체험을 위해 아카데미의 본관으로 모여들었다.

다 함께 주방으로 향하는 길.

"어마어마한 것들이 나오겠죠?"

"몰라, 서핑 한참 하고 왔더니 배고파. 지금은 어제 그 애벌레도 씹어 먹을 수 있을 것 같다고."

"으으, 저는 그냥 굶을래요."

"걱정 붙들어 매셔. 심 쉐프가 맛있게 요리해 줄 거야. 레아도 시식 참여한담서? 우리 프로, 민호 씨 때문에 시작부터 너무 대박 나는 거 아니야?"

선두에서 걷던 한소유와 황지석의 대화에 정승기는 기운이 쪽 빠졌다. 이 프로그램의 촬영분이 국내에 방영되는 순간 단연 화제에 오를 것은 불 보듯 뻔했다. 그 화제의 중심이 자신이 아니라는 것에 울분만 쌓일 뿐.

정승기는 뒤에서 걷고 있는 그 녀석을 돌아보았다.

"이봐요, 민호 씨."

"네?"

"여기서도 활약할 셈입니까?"

"그게 무슨 말씀이신지……."

"요리를 얼마나 좋아하기에 벌써 칼을 들고 있어요? 그것도 던져서 뭘 맞추게요?"

정승기의 시선이 그 녀석이 두 손으로 고이 받들고 있는 날이 잘 선 식칼로 향했다.

"아, 이거요? 광석 형님 건데 식재료 손질 때 잠깐만 빌려서 해보려고요."

초롱초롱, 맑은 눈을 반짝이는 그 녀석의 철없어 보이는 표정에 정승기는 어쩌 또 한 번 대활약할지도 모르겠다는 '느낌적인 느낌'이 일었다.

그러나 설마 하는 심정은 있었다. 쟤도 사람인데 못하는 게 한둘은 있을 터.

'암, 사람이면 그래야지.'

1시간 뒤.

"앗 뜨거!"

정승기는 쥐 고기를 올리브유에 튀기다 온도조절 실패로 반쯤 태워 버리고는 작게 욕을 내뱉다가 문제의 그 녀석 쪽으로 시선을 돌렸다.

사각사각. 통통통.

도마 위의 리드미컬한 칼질로 스태프들의 주목을 한 몸에 받으며 즐기고 있는 그 녀석을 보고 있자니, 이렇게 팔뚝에 화상 입어가며 고생고생 요리해서 무얼 하나, 인생무상의 기미마저 느껴졌다.

"형님, 이 양파 0.2밀리로 얇게 썰었어요. 식감 부드럽게."

"와우, 민호 아우. 칼질 장난 아닌데?"

"식칼 날이 끝내줘서 그런가? 무지 잘 썰리네요. 참, 이 개구리 손질 제가 해도 되나요? 만두 속에 넣기 좋게 다지면 되죠? 뱀도 구이로 하실 거면 미리 포 떠서 양념 발라 놓을게요."

"키야, 척척 알아서 다 해주고. 내 레스토랑 수석쉐프 해도 되겠어. 할 거 없으면 와. 바로 특급대우로 채용해 줄게."

"바빠서 취직은 못 해요. 그래도 요리 배우러 종종 놀러 가겠습니다!"

정글에서 볼 법한 혐오 식재료와 현대 조리법의 만남에 지켜보는 스태프 중에 침까지 꼴깍 삼키는 인원이 여럿 생겨났다.

그렇게 퓨전 레스토랑을 운영 중인 심광석의 '와일드 프로그 딤섬'과 '스모크 스네이크 꼬치구이'가 완성되어 가는 동안, 옆에서 대등한 요리 실력을 뽐내며 보조하는 그 녀석의 주가는 한층 높아져만 갔다.

정승기는 가만히 그 부러운 꼴을 지켜보다 입술을 잘근 깨물었다.

'강민호……. 그거 아냐 인마? 넌 사람도 아냐.'

「3시간 전」─리펄스 베이, 주차장.

홍콩 땅을 밟은 지 27시간 만에 끝난 서바이벌 체험은 출연진도 스태프도 죄다 지치게 만들었다. 하 PD는 녹초가 되어 주차장에 선 사람들 앞에서 울프에게 받은 평가서를 손에 들고 말했다.

"여기에 여러분의 정글 적응 가능성에 대한 평가 등급이 있습니다. 한 해에 몇 번 나오지 않는다는 평점 S가 둘이나 됩니다. 자 다들 승기 씨와 민호 씨에게 박수!"

"내 그럴 줄 알았다니까. PD님, 우리 쩌리들은 얼마나 됩니까?"

"지석 씨는 A. 소유 씨도 A. 광석 씨만 B네요. 교관님이 다들 수준이 높은 편이라고 놀라시더군요. 아무튼, 이대로라면 실제 도전도 무리 없이 성공하리라는 예감이 듭니다. 그럼, 촬영은 여기서 종료! 모두 수고하셨습니다!"

환호하며 손뼉을 치는 스태프들에게 고개를 꾸벅 숙인 정승기는 민호를 흘끔 바라본 뒤에 어깨를 축 늘어뜨리고 아무 말 없이 버스에 올라탔다.

'응? 승기 씨 왜 저래? 힘이 없어 보여.'

그의 멘탈이 조각난 이유를 알 리 없는 민호는 피곤해서 그러겠거니 생각하며 하 PD에게 다가섰다.

"PD님. 저는 따로 가볼게요."

"따로요?"

"마카오에 볼일이 있어서요. 나중에 서울에서 봬요."

인사를 끝낸 민호가 주차장 외곽으로 걸어 나오자 한쪽에 모여 있던 사람들 틈에서 공 매니저가 달려왔다.

"수고하셨습니다, 민호 씨. 차량은 입구에 주차해 놨습니다."

함께 걸어 나가며 공 매니저가 신이 잔뜩 난 얼굴로 말했다.

"이번 촬영으로 저는 강한 확신이 들었습니다."

"확신이요?"

"월드스타. 레아 테일러가 민호 씨 때문에 특별 출연을 했다는 소식에 임소희 사장님은 벌써부터 고무되어 있습니다."

언제나 기대감을 발산하는 공 매니저였으나 지금의 눈길은 평소의 '믿습니다'를 넘어선 열렬한 신봉자의 그것이 되어 있었다. 자칫 말도 안 되는 기대로 발전할까 싶어 민호는 얼른 수습부터 시도했다.

"잠깐 나오는 건데요, 뭐."

"그렇죠, 잠깐. 하지만 작년에 국내 기업에서 레아를 초빙해 60초 광고를 찍었을 때 제시한 업계 최고의 출연료를 생각하면 말도 안 되는 이득이죠, 하하!"

"그, 그런가요?"

민호는 레아가 언급된 김에 간이 선착장 쪽에 서 있는 블레이크에게 시선을 던졌다.

작전이 어떤 식으로 변경됐는지는 모르겠지만, 현재 블레이크는 후드티의 모자를 푹 눌러쓴 레아와 함께 이동차량을 기다리는 중이었다.

"민호 형! 짐 이리 주세요."

렌트한 세단의 트렁크에 짐을 싣고 있던 김 코디가 민호를 보고 달려왔다. 민호는 필수품만 담은 백팩을 등에 메고 나머지는 비닐백에 넣어 건네주었다.

"공 매니저님, 저희 비행 출발 시간이 어떻게 되죠?"

"새벽 5시입니다. 내일 오전 스케줄을 뒤로 미뤄두긴 했지만, 아침 비행편이 마땅치가 않더군요."

"그 정도면 됐어요."

"그런데 민호 씨 용무, 제가 따로 수행하지 않아도 정말 괜찮으시겠습니까?"

"그럼요. 시완이랑 같이 푹 쉬세요. 홍콩 시내관광도 좀 하시고요."

민호의 말에 짐을 정리 중이던 김 코디가 '아싸!' 하고 작게 주먹을 움켜쥐었다.

세단에 앉아 출발하기 직전, 민호는 간이 선착장 쪽으로 멋들어진 리무진이 접근하는 것을 보고 레아의 이동 차량임을 직감했다. 레아가 리무진에 탑승하고, 블레이크가 이쪽으로 고개를 돌렸다.

'작전 잘해요'라는 뜻으로 손을 흔드는데 눈이 마주친 블레이크가 할 말이 있는지 해변 쪽을 가리켜 보였다.

"공 매니저님, 잠깐만요."

해변가를 산책하듯 걸으며 블레이크가 민호에게 입을 열었다.

『네이든이 새 조건을 제시했어요.』

『조건?』

『미국의 정책에 반하는 것이 아니라면, 미스터 M 개인의 활동도 지원해 줄 의향이 있다고요.』

CIA의 프리랜서 요원이 되어 줄 수 없겠느냐는 말. 아버지의 말마따나 여기저기에서 문제를 일으키다 자칫 수배라도 된다면 지금 같은 생활은 절대 할 수 없게 되어 버린다.

'한국에 애장품 씨가 말라 버린다면 모를까. 스파이에 대한 동경은 동경으로만 남겨 두자고.'

민호는 생각할 것도 없이 고개를 저었다.

아쉬운 눈빛으로 민호를 바라보던 블레이크가 이내 마음의 정리를 끝낸 듯한 눈길로 손을 내밀었다.

『다시 만나서 정말 반가웠어요, 민호.』

『저도요, 블레이크 요원.』

'민호'라는 이름을 입에 담는 블레이크의 발음이 아침보다 능숙했기에 놀라며 악수를 하는데, 해변 도로 위에 정차해 있던 리무진 창이 내려가며 레아가 고개를 불쑥 내밀었다.

『뭣들 하는 거야? 키스라도 하고 헤어져야지. 둘 다 영화 같은 거 안보나?』

레아의 얼굴이 그대로 노출된 까닭에 해변에 서 있던 사람들이 알아보기 시작했다. 그나마 있던 작별의 시간마저 레아 때문에 단축되어 버리자 블레이크는 나직이 고개를 흔들며 민호에게 물었다.

『다음 만남을 기약해도 될까요?』

『인연이 되면요.』

『모든 여행에는 여행자가 모르는 비밀스러운 종착역들이 숨어 있대요. 그중 하나에서 꼭, 다시…….』

세계 각지에 있는 CIA의 비밀기지를 말하는 듯한 블레이크의 비유. 그러나 한국의 작은 동네도 아니고, 이 넓은 세계에서 우연이라도 CIA의 비밀기지를 발견할 확률은 희박했다. 그러나 민호는 진심으로 아쉬워하는 그녀의 표정에 고개를 끄덕여 주었다.

『맙소사, 레아다!』

『레아 테일러? 오오!』

리무진으로 사람들이 몰려드는 것을 본 블레이크가 황급

히 달려가기 시작했다.

민호는 잘 가라고 손을 흔들어 준 뒤에 등을 돌렸다.

「30분 전」―마카오 중부, 호스텔 거리.

"여긴가?"

화사한 건물이 즐비한 마카오에서 유달리 허름해 보이는 골목에 접어든 민호는 웅산에게 소개받은 '백호'라는 장물업자의 은거지 앞에서 짧게 심호흡을 했다.

탕탕.

"Excuse me."

겉으로 호스텔인 척 위장하고 있는 낡아빠진 3층 시멘트 건물의 입구를 두드리자, 안쪽에서 점원 복장을 한 사내가 걸어 나왔다.

팔뚝에 있는 호랑이 문신으로 민호는 어젯밤에 잠깐 마주쳤던 사내 중 하나라는 것을 파악했다.

문신 사내가 민호의 아래위를 훑어보더니 영어로 말했다.

『장사 안 해.』

『장사는 안 해도 구경은 할 수 있다던데요?』

『그 얘기는 누구한테 들었지?』

『웅산.』

이름을 대자 문신 사내가 들어오라고 손짓했다. 1층과 계

단 바로 위쪽으로는 숙박업소처럼 꾸며진 방이 존재했으나 3
층으로 가는 계단은 철창으로 막혀 있었다.

드르륵, 하는 소리와 철창이 열리고 민호는 3층에 올라섰
다. 실내 벽면이 온통 초록색인 3층은 전체가 창고처럼 넓은
공간으로 이루어져 있었다.

먼지 쌓인 박스가 잔뜩 늘어선 속에서 민호는 웅산의 저택
에서 보았던 철제박스가 한쪽에 놓여 있는 것을 발견하고 미
소 지었다.

홍콩과 마카오 일정의 마무리가 되어줄 사랑스러운 유물
이 바로 저 안에 있었다.

『환영하오.』

문신 사내 둘의 경호를 받으며, 백호로 판단되는 중년인이
나타났다. 신사풍의 외모였던 웅산과는 달리 금이빨에 홍콩
느와르 영화 속의 전형적인 악당처럼 어두운 기운이 물신 풍
기는 사십 초반의 사내가 민호의 앞에 섰다.

『웅산 형님의 소개라니, 이거 반갑소.』

『안녕하세요.』

『그래, 원하는 물건이 있어서 온 건가?』

민호는 곧장 웅산의 박스를 가리키며 말했다.

『저 안에 든 5억 상당의 청옥 주사위를 구매하고 싶어요.』

『주사위라. 뤄이. 열어봐.』

문신 사내 하나가 박스를 열었다. 유리 케이스에 담긴 청옥 주사위가 나타나자 민호의 눈이 빛났다.

부하에게 케이스를 건네받은 백호가 뚜껑을 열고 이리저리 살펴보며 말했다.

『세공도 수준급이고. 이름 좀 있는 사람이 사용하던 주사위 같군. 자세히 보시겠소?』

백호가 주사위를 손으로 집어 내밀었다.

만지면 찌릿할 위험이 있기에 거절하려던 민호는 검도 처음에는 괜찮았던 것을 떠올리고 일단 받아 들었다.

손에 착 감기는 느낌과 함께 주위가 일순, 카지노 한복판으로 변했다.

'오!'

눈에 확 띄는 바니걸 복장의 미녀를 양옆에 끼고, '빅 스몰'이라는 주사위 게임에 임하는 부티가 잘잘 흐르는 남자가 소리쳤다.

─더블 베팅!

판돈의 최대 10배를 보상받을 수 있는 리스크를 안고 있는 배팅에 그 앞에서 침착한 눈을 빛내며 게임에 참여하고 있는 약간 나이 들어 보이는 남자가 미소와 함께 외쳤다.

─트리플 베팅!

남자가 30배를 보상받을 수 있는 극단적인 베팅으로 올인

하자 사람들의 시선이 몰렸다.

'누가 주인인 거지?'

민호는 검처럼 주인이 말을 걸어오진 않았기에 추억을 구경하다 너무 빠져 있으면 안 되겠다 싶어 고개를 흔들었다. 카지노 한복판에 있는 것 같은 기분을 떨쳐내자 추억은 사라지고 먼지 쌓인 창고의 전경이 눈에 들어왔다.

'어라? 거부반응이 없어!'

민호는 아직도 찌릿한 느낌이 전혀 없는 주사위를 보며 놀라지 않을 수 없었다. 영롱한 본래의 청옥 빛깔에 붉은 기운까지 맴돌자 참으로 탐스러운 매력을 뽐내고 있었다. 거기에 상급의 유품을 길들을 수 있을지 모른다는 기대감마저 찾아와 얼른 구매해 호텔로 돌아가야겠다는 생각이 간절해졌다.

『바로 살게요. 대금은 어느 은행계좌로 부쳐 드리면 될까요?』

『은행? 계좌?』

민호의 말에 백호와 두 부하가 시선을 교환하더니 난데없이 껄껄 웃기 시작했다. 이유를 알 수 없어 어리둥절해하는 와중에, 백호가 입을 열었다.

『이 업계에서 멀쩡한 계좌로 거래할 수 있는 사람은 웅산 형님밖에 없소.』

『네? 그렇다면 뭐로…….』

『현금.』

백호가 손끝을 비비며 지폐를 뜻하는 동작을 선보였다.

민호는 곤란한 표정으로 상대를 마주 보았다. 국내에서 국외로 송금하는 절차가 복잡해 따로 스위스 계좌를 만들어 놓은 것인데 그것이 무용지물이라니. 당장 국제 외환은행을 찾아간다 해도 5억이라는 현금을 찾기에는 시간이 절대적으로 부족했다.

그렇다고 주사위를 포기할 수는 없는 일.

고민에 빠진 민호는 갑자기 주사위에서 따뜻한 기운이 흘러나와 손목을 파고드는 것을 느끼고 움찔했다.

주사위가 진동하며 의사를 건네왔다.

-돈이야 벌면 되지.

민호는 환청 같은 소리에 당황에 빠졌다가 방금 본 추억 속 장면이 다시 이어지는 것에 눈을 돌렸다.

30배에 배팅한 남자가 기어코 승리해 손을 번쩍 치켜드는 모습. 더 큰 리스크에 당당히 도전해 승리한 저 남자가 바로 이 주사위의 주인이었다.

민호의 시선을 강하게 잡아끄는 그 광경. 이건 주사위가 주는 미션이 분명했다.

『미스터 백호. 혹시 외상 됩니까?』

인구 57만. 한때는 포르투칼의 식민지였다가 1999년 중국에 반환된 여의도 3.5배 크기의 작은 땅, 마카오. 그 반도의 남단에 있는 '리보사 카지노' 앞에서 민호는 난감한 표정을 짓고 서 있었다.

"이것 참⋯⋯."

네온사인의 화려한 불빛 아래 일확천금의 꿈을 안고 카지노로 향하고 있는 행렬들. 그 줄에 자신 역시 끼어들어 있으리란 사실은 홍콩에 입국한 당일만 해도 전혀 예상치 못했었다.

민호는 왼쪽 주머니에 들어 있는 1만 홍콩달러의 지폐묶음을 툭 쳤다. 기념품과 선물을 잔뜩 사 들고 가려 했던 자금이건만 이런 식으로 소비하게 되다니.

─오늘 밤 안으로 홍콩달러 1,000만을 내놓지 않으면 물건 회수는 물론이고, 무사히 마카오를 벗어날 수 있으리라 생각지 않는 게 좋을 거요. 거래는 신용이니까. 우린 보통 신용을 '꼭' 지키지.

본래라면 이렇게 위험한 거래는 하지 않았을 것이다.

그러나⋯⋯.

민호는 급이 다름에도 거부반응이 없었던 그것, 붉은색 유품을 품에서 꺼내 손에 쥐었다. 이건 한때 마카오의 밤을 지배했을 것이 분명한 역사 속 인물의 물건이었다. 붉은색임에도 자신을 받아들인 기특한 유품이기도 했다.

'반드시 얻어야 해.'

하다못해 길들이기가 가능할지 모를 오늘 밤만이라도 온전히 소유하고 있어야 했다.

"가 볼까요?"

물건이 작게 진동했다. 민호는 힘찬 걸음으로 카지노를 향해 걸어갔다.

민호가 카지노로 사라지고 몇 분 후.

리보사 복합 카지노 센터 앞으로 리무진 한 대가 멈춰 섰다. 경호원으로 위장 중인 CIA 작전요원 밀스가 차에서 내려 뒷문을 열었다.

은빛 드레스를 입은 레아가 리무진에서 걸어 나오자 주위가 환해진 듯한 착각을 불러일으켰다. 그리고 이 착각은 지나다니는 사람들의 이목을 단번에 집중시키는 효과를 가져왔다.

서른 초반의 나이에 세계 톱급의 여배우로 우뚝 선 그녀의 미모에 한차례 휘파람을 분 밀스는 그녀를 에스코트해 입구로 걸어가며 말했다.

『명심하십시오, 레아. 린샤오를 붙잡고 있지 못하면, 블레이크가 금고를 열 시간을 벌 수 없습니다.』

『스파이 영화 찍을 것도 아닌데 연기수업 제대로 하겠네요.』

『CIA는 당신의 협조를 결코 잊지 않을 겁니다.』

『됐어요. 과거 기록 삭제나 확실하게 마무리 지어 줘요. 블레이키한테는 행운을 빈다고 전해주고요.』

레아의 시선은 카지노 센터와 이어진 '호텔 리보사'의 최상층, 린샤오의 펜트하우스로 향했다.

『무슨 일 있으면 목걸이에 있는 그 버튼 꼭 누르십시오.』

복도에 멈춰선 밀스가 말했다. 레아는 걱정하지 말라는 손짓을 해 보인 뒤에 VIP만의 공간으로 들어갔다.

무슨 이유 때문인지 파티 잠입 작전이 취소된 까닭에 카지노 VIP룸에 있는 린샤오를 붙잡고 있어야 할 상황이 찾아왔으나 그녀가 해야 할 일은 변함이 없었다.

여자의 매력을 풀풀 풍기며 남자의 시선을 붙잡아 두는 것. 이건 그녀가 카메라 앞에서 숱하게 해온 아주 간단한 일이었다.

생전 처음 보는 카지노의 풍경은 유흥에 별반 관심이 없는 민호의 가슴을 온통 들뜨게 했다.

9개의 그림판이 정신없이 회전하며 방문객들의 코인을 날름 받아먹고 있는 슬롯머신. 카드를 앞에 두고 베팅에 한창인 바카라 테이블을 지나며 민호의 눈은 쉴 틈 없이 돌아갔다.

"별천지네, 별천지."

환호와 탄식이 교차하는 각종 게임 테이블 사이사이로 탱글탱글한 몸매를 뽐내는 바니걸이 서빙하는 모습을 보고 있자니, 이런 곳에서 제정신을 챙기는 것도 힘들겠다는 생각이 일었다.

잠깐 정신을 놓으면 도박에 빠져 흥청망청 돈을 날리는 것도 순식간일 것이다.

"잘 부탁해요."

민호는 주사위에 말을 걸며 마음을 다잡았다.

백호는 계산이 철저했다. 신용을 전혀 쌓은 적이 없는 첫 거래자의 무담보 외상 요구에 5억이었던 물건 가격은 무려 3배가 치솟은 15억이 되어 버렸다.

칩 환전소 앞에 선 민호가 돈뭉치를 올렸다.

『홍콩달러도 칩 교환되죠?』

『그렇습니다.』

『혹시 끝나고 교환할 때 마카오 돈 파타카로도 교환되나요?』

『네.』

대답하는 환전소 직원의 눈빛에는 어수룩해 보이는 동양인 관광객이 과연 돈을 따서 환전해 갈 수 있을까 하는 무시의 눈길이 어려 있었다.

민호는 그것을 느꼈으나 걱정은 하지 않았다.

홍콩달러 1만. 한국으로 치면 150만 원가량의 돈을 기반으로 무려 천 배를 벌 계획을 품고 있는 주사위 주인의 능력에 큰 기대를 안은 채, 그렇게 민호는 칩을 교환해 카지노 깊숙이 이동했다.

돈도 벌고 겸사겸사 주사위 주인의 원까지 들어줘 길들이기를 끝내면 그야말로 일거양득.

'위기는 곧 기회인 법이지.'

카지노를 즐길 수 있다는 생각이 들자마자 주사위가 진동하며 따뜻한 기운을 넘어 뜨거운 기운을 열정적으로 뿜어댔다.

민호는 주사위의 이끌림에 몸을 맡겨 중국인들이 잔뜩 몰려 있는 '빅 스몰' 테이블 앞에 섰다.

딜러가 쉐이커 안에 든 주사위 3개를 흔들어 내려놓고, 참가자들이 그 숫자를 예측해서 베팅하는 게임. 시골 장터의 야바위와 비슷한, 마카오의 인기 카지노 게임이었다.

민호는 한 귀퉁이에 칩이 든 박스를 올리고 그대로 외쳤다.

"Xiǎo, Wǔqiān!"

앉자마자 가진 판돈의 반을 '스몰' 쪽에 베팅하자 주위의 중국인들이 제법이란 표정으로 고개를 돌렸다.

민호는 일단 주사위 주인의 과감한 지름에 놀랐으나, 그보다 광둥어가 입에 착착 감기며 나온다는 것에 더 놀랐다. 그러고 보니, 옆 테이블에서 시끄럽게 떠드는 중국인들의 대화 중에 북경어까지 이해가 되어 들려왔다.

'이거 중국어는 기본으로 가능하단 소린가?'

더더욱 기대되는 주사위의 능력이었다. 테이블에 둘러선 모든 참가자의 베팅이 끝나고, 쉐이커 안에 든 주사위가 공개됐다.

1, 2, 5.

총합이 10을 넘지 않았기에 '스몰' 쪽 배팅한 사람들이 두 배로 따게 됐다. 민호는 단박에 15,000이 되어버린 칩의 개수에 입을 벌렸다.

'역시. 어떤 원리인지는 모르겠지만, 능력자셨군요. 설마 도박의 황제? 도, 도신?'

카드를 손으로 비벼 다른 무늬로 만드는 홍콩 영화 속 옛 장면이 떠오르는 민호였다. 한국에서 마주친 유일한 프로도박사 백민수의 트럼프보다 더한 능력이 담겼을 것이란 기대에 잔뜩 부풀어 오를 무렵, 두 번째 판이 시작됐다.

주사위를 섞은 딜러가 쉐이커를 테이블에 올렸다.

『5! 칠천오백!』

정확히 가진 판돈의 반을 이번에는 숫자 5에 베팅했다. 주사위 세 개 중에 5가 하나가 나오면 건 돈 만큼, 2개가 나오면 2배. 3개 다 나오면 3배를 따는 좀 더 리스크 있는 베팅이었다.

당당한 민호의 외침에 참여자 몇몇은 그를 따라 5에 걸었다. 모두 베팅이 끝나자, 쉐이커가 오픈됐다. 5는 단 한 개. 그럼에도 민호의 칩 보유량은 22,500으로 불어났다.

'과감해. 짜릿해!'

앉은 자리에서 돈을 불리는 쾌감에 취해가던 민호는 주사위에 이끌려 시작한 세 번째 배팅에서 약간 신음을 삼켰다. 이번에는 숫자 두 개를 전부 맞춰야 하는 더 큰 리스크에 칩 반을 걸어 버린 것이다.

『1, 3. 더블 베팅!』

이것이 성공하면 5배를 받고, 여기에 두 숫자 중 하나가 쌍으로 나와 버리면 무려 10배였다. 그러나 그 확률은 높다고만은 할 수 없었다.

모두의 베팅이 끝나고 주사위가 공개됐다.

2, 3, 6.

하나만 같았기에 번 돈은 제로. 민호는 1만대로 갑자기 줄어버린 칩을 보며 허탈감을 느꼈다. 주사위의 주인은 쉬지 않고 움직여 다음 베팅에 또다시 판돈의 반을 걸었다.

『5. 트리플 베팅!』

게다가 이번에는 30배를 받을 수 있는 하이 리스크의 베팅이었다.

'이건 너무 과감한 거 아닌가요?'

주사위는 따뜻한 기운을 보내어 위축된 민호에게 자신감을 북돋아 주었다. 그리고 공개된 주사위. 5는 단 한 개도 없었다.

'으잉?'

돈은 6천대로 줄어버렸다. 이때부터 뭔가 이상함을 느낀 민호는 그럼에도 주사위의 능력이 발휘되길 믿고 기다렸다.

『2, 4, 6. 트리플 콤비 베팅!』

맞으면 무려 180배를 획득하는 베팅에 남은 돈이 모두 올라갔다. 민호는 떨리는 심정으로 주사위가 공개되는 것을 기다렸다.

'2, 4…… 설마아아아아!'

하나하나 보이는 숫자에 엄청난 흥분감이 일었다. 주사위도 부르르 진동하며 민호의 흥분을 북돋았다.

1.

그러나 마지막으로 공개된 주사위의 숫자는 1이었다.

'어……?'

시작한 지 10분 만에 칩을 모두 소진해 버린 민호는 어안이 벙벙해져 주사위로 시선을 돌렸다.

'도, 도신이시잖아요?'

그때, 민호의 머릿속으로 주사위의 추억 하나가 다시금 스치고 지나갔다.

―돈이야 벌면 되지.

트리플 베팅에서 칩을 딴 남자. 그는 가진 칩을 전부 젊은 남자에게 내밀며 씩 웃었다.

―빌려줘서 고맙수다. 이걸로 빚은 전부 탕감되겠지?

―남의 칩으로 잘도 거기까지 지르는군.

―도박이란 건 말이오, 남의 돈으로 해야 그 맛이 일품인 법이오.

―역시 고진이야. 배포만큼은 마카오 최고의 사기꾼다워.

민호는 등골이 서늘해지는 것을 느꼈다. 주사위에 어려 있는 새빨간 빛이 점차 연해지더니 주황빛으로 변해 버렸다.

"사…… 사기?"

돈을 다 잃은 민호가 식은땀을 흘리며 멍하니 서 있자, 옆에 있던 중국인이 불쌍하다는 듯 100달러 칩 하나를 쥐여 주었다.

『저리 가서 술이나 한잔하고 가쇼.』

민호는 살다 살다 유물, 아니 유품한테 사기를 맞을 줄은 몰랐기에 충격에서 쉽사리 헤어 나오질 못했다.

'붉은색이 아니라 주황색이었다니.'

이걸 사기 위해 마카오 뒷골목의 갱과 위험한 거래까지 했건만, 주사위는 즐길 거 다 즐겨 원을 풀었다는 듯 빛이 스르르 사라지며 흡수되는 것으로 만족감을 표했다.

"이잇!"

주사위를 내던지려던 민호는 그럼에도 분한 숨을 삼키며 참을 수밖에 없었다. 어쨌거나 유품이니까. 길들이는 과정은 심플했으나 뒷맛은 씁쓸하기만 했다.

민호는 100달러 칩을 들고 어쩔 수 없이 계획을 수정했다. 일전에 아버지로부터 카지노에서 능력을 쓰는 건 자제하라는 주의를 듣긴 했지만, 지금은 블랙이 걸려 출입금지를 당하는 한이 있더라도 하는 수 없었다.

회중시계를 손에 쥐고 슬롯머신 주변을 어슬렁거리던 민호는 구석진 자리에 있는 것 앞에서 100달러 칩을 넣고 레버를 당겼다.

띠리링!

대각선으로 그림이 맞아떨어져 칩이 30개가 쏟아져 나왔다. 그것을 챙겨 곧바로 그 옆의 룰렛으로 다가간 민호는 7

번에 칩 30개를 걸었다.

『행운이 깃들길!』

빙글 돌아가는 원형 테이블 안의 구슬이 서서히 속도를 잃더니 7번에 골인했다. 30개의 36배. 1,080개의 칩이 삽시간에 민호의 앞에 쌓였다.

'일단 십만.'

민호는 다시 룰렛의 17번에 칩을 올리며 광둥어로 외쳤다.

『와, 이걸 딸 줄이야. 에라, 모르겠다. 인생 뭐 있어!』

마치 운에 맡기고 올인 하는 것마냥 돈을 건 후에 떨리는 표정을 연기하며 물러난 민호. 달칵, 하며 이번에도 구슬은 17번에 들어갔다. 10만이 360만이 되자 옆에서 게임을 하던 관광객들의 눈이 왕방울만 해졌다.

공을 돌리던 딜러의 안색이 변했다. 민호는 그 눈치를 보고 점자시계를 터치했다.

─관리자님, 여기 와보셔야 할 것 같습니다.

딜러가 옷깃에 있는 무전기로 얘기하는 소리를 들은 민호는 칩을 챙기며 말했다.

『오늘 운은 다 쓴 것 같네. 이번에는 나눠서 걸어 봐야지.』

회중시계로 목격한 세 번째 숫자는 15. 그러나 360만을 전부 때려 박았다가는 의심을 살 수 있었다.

민호는 딱 천만 달러가 되도록 돈을 잘게 나누어 여러 군데 베팅하기 시작했다. 그중 15에는 28만을 올려놔 천만에 근접할 수 있도록 세팅했다.

룰렛이 돌기 시작했다.

또르르.

당연하게도 구슬은 15에 굴러 들어갔다.

28만의 36배. 5분 만에 1,008만 달러를 획득한 민호가 칩을 손에 들고 움직이자 그 운을 받기 위해 중국인 여럿이 우르르 뒤를 따라붙었다.

『이봐요, 손 한 번만 잡아 줘요!』

『저도, 저도!』

카지노 관리자로 보이는 이가 멀리서 다가오는 것이 보였다. 그러나 민호는 발 빠르게 환전소로 이동해 칩을 내밀며 말했다.

『마카오 달러로. 가방 하나 서비스로 줄 수 있죠?』

환전소의 직원이 입을 다물지 못한 채로 금고에서 돈을 꺼내기 시작했다. 민호는 휴, 안도의 한숨을 쉬었다. 이로써 백호와의 거래는 얼추 해결할 수 있게 됐다.

'응?'

버리려다 만 주사위가 따뜻한 기운을 발산하며 '완전 사기꾼, 대단해'라는 뜻을 건네 왔으나, 민호는 고개를 흔들었다.

'사기는 어르신처럼 남을 속이는 거고, 저는 순전히 제 능

력을 이용해서 돈을 번 것뿐입니다. 부러우면 강씨 집안 장자로 태어나시던지요.'

주사위는 순간 기운을 마구 뿜어대며 다시 한 번 민호의 몸을 빌려 무언가를 하려 했다. 그러나 본래 급이 낮았음을 파악한 민호의 의지에 차단되어 아무것도 하지 못했다.

『여기 있습니다.』

지폐가 가득 담긴 가방을 손에 든 민호가 카지노 밖으로 걸어 나오려던 때였다. 카지노측 직원 하나가 발빠르게 민호에게 접근하며 말했다.

『안녕하세요, 괜찮으시다면 저희 리보사 카지노와 연계된 호텔의 스위트룸에서의 1박을 무료로 제공할까 하는데.』

『괜찮아요, 바빠서 이만.』

『저, 손님!』

그렇게 카지노를 벗어나 복도를 걷던 민호는 VIP 구역이라고 쓰여 있는 곳에 어디서 본 듯한 사내를 발견하고 기억을 더듬다 움찔 놀라 몸을 틀었다.

CIA 작전팀의 팀장이라던 밀스가 경호원 복장을 입고 복도를 서성이는 중이었다. 행여 마주치면 곤란한 변명을 해야할 것 같아 다른 방향으로 이동하는데, 점자시계의 영향 때문에 밀스의 무전 소리가 귀에 들어왔다.

-레아는 순조롭게 진행 중이다. 린샤오가 푹 빠져서 움직

일 생각을 안 해. 그쪽은?

　새롭게 판을 짠 작전 얘기를 나누는 듯했다.

　-뭐? 블레이크가 진입은 했는데 나오지 못하고 있다고? 그러기에 내가 애초에 과감히 침투하자고 했잖…….

　민호는 블레이크가 린샤오의 금고에 갇혀 있다는 말에 우뚝 멈춰 서고 말았다.

　'음…….'

　-블레이크. 10분 내로 열고 나와야 해. 펜트하우스 관리인이 순찰을 시작했어.

　『데이빗. 다른 길은 없어요?』

　-미안. 아직은 없어. 네이든이 알아보는 중.

　린샤오의 금고 장치는 CIA에 초빙한 전문가의 손을 빌려 열 수 있었다. 그러나 안쪽의 이중 잠금장치까지는 예상치 못했다.

　블레이크는 레이저 감시망이 사방에 쏘아지고 있는 넓은 공간의 귀퉁이에 숨어, 네이든과 데이빗이 상황이 호전될 비책을 찾아주길 간절히 기다리는 중이었다.

　'조금 더 신중할 것을…….'

침입 루트 선정부터 금고 조작까지, 작전 전에 실제로 이 과정을 시뮬레이션 해본 이가 그녀뿐이었기에 네이든으로부터 임무를 부여받았다.

'밀스의 의견을 따를 걸 그랬나 봐.'

할 수 있다는 자신감에 차올라 임무에 뛰어든 것은 하루빨리 숙련된 요원이 되고 싶다는 욕심 때문이었다. 어제, 오늘. 언제나 거침없이 움직이던 미스터 M의 모습이 자꾸만 머릿속에 아른거렸다.

'미스터 M을 보고 눈이 너무 높아졌어. 나는 나고, 그는 그일 뿐인데.'

드르륵.

금고의 입구가 움직이기 시작하자 블레이크는 소음기가 달린 권총을 손에 들었다. 누가 나타나든 이젠 무력으로 돌파하는 수밖에 없었다.

덜컹하고 금고가 열리며 레이저 센서가 잠시 해제됐다. 블레이크는 벽의 음영 속에 몸을 숨기고 있다, 막 들어온 사내에게 권총을 들이밀었다.

"Stop!"

『블레이크?』

검은 두건을 얼굴에 휘감고 있는 상대의 목소리가 너무 익숙하게 느껴졌다. 그러나 그럴 리가 없다는 생각에 블레이크는 상대의 목에 권총을 바짝 붙이며 말했다.

『뭐지, 넌? 어떻게 내 이름을⋯⋯.』

타닥.

아주 짧은 틈을 타, 블레이크가 손에 들고 있던 권총을 잡아채 빼앗아 버린 상대가 두건을 슬쩍 들어 보였다.

『저예요.』

『아⋯⋯.』

민호가 싱긋 웃으며 위를 가리켰다.

『일단 이동하죠. 30초 뒤에 순찰이 와요.』

호텔 리보사, 옥상.

자연스레 걸어 나온 것뿐인데 단 한 명의 경비와도 마주치지 않은 신비한 경험을 한 블레이크는 옥상의 완강기를 열어 케이블을 꺼내는 민호를 보면서 믿을 수 없다는 표정이 됐다.

『어떻게 여기에 온 거죠? CIA와 일하기로 결정한 건가요?』

『아니요. 그냥 지나가다 들렸어요.』

민호는 이렇게 변명하다 말이 안 된다는 것을 느꼈는지 덧붙였다.

『카지노에 잠깐 들렸는데, 밀스가 심각해진 얼굴로 '우리 블레이크를 지켜야 해!'라고 외치는 거 있죠? 저도 모르게 왔어요.』

『말도 안 돼.』

민호는 웃음으로 때울 수밖에 없었다. 그녀가 딱해 보여 구하러 왔다는 더 말도 안 되는 변명을 할 수는 없기 때문이었다.

『블레이크가 그랬잖아요. 모든 여행에는 비밀스러운 종착역이 숨어 있다고. 제 여행은 여기서 끝이라, 블레이크 종착역이 어딘지 구경 좀 하러 왔죠.』

『……。』

뭔가 계속 말도 안 되는 변명만 하게 될 것 같아 민호는 옥상 아래를 가리켰다.

『높이가 상당하니까 평범한 레펠 강하는 위험해요. 마찰도 있고, 주의해서 붙잡아야…….』

울프의 애장품을 사용했던 여파가 아직도 남은 터라 기술적으로 정교한 작업을 설명하던 민호는, 블레이크 단독으로는 아무래도 힘들겠다는 생각에 멍하니 서 있는 그녀의 팔을 붙잡아 등 뒤에 붙였다.

『매달리는 건 할 수 있죠?』

『미스터 M이 뭘 하려는 건지, 앞으로 뭘 할지 전혀 모르겠어요.』

『내려가서 얘기해요.』

민호는 블레이크의 허리와 자신의 허리에 비상구에서 챙겨온 소방호스를 잘라 묶은 뒤에 완강기 케이블을 건물 아래로 던졌다.

휘리릭, 하는 소리와 끝없이 떨어져 내리던 케이블이 바닥에 닿았다. 재킷을 벗어 손에 둘둘 감은 민호가 블레이크를 업은 채로 옥상 난간에 섰다. 싸늘한 바람을 느낀 블레이크가 흠칫 놀라 민호의 몸에 양손과 양팔을 단단히 걸었다.

『갑니다.』

소방호스로 만든 매듭을 케이블에 걸고 그걸 다시 재킷을 감은 손으로 붙잡은 민호는, 아래를 확인하고 그대로 뛰어내렸다.

창문을 타고 끝없이 하강하던 민호와 블레이크는 이내 호텔 건물의 뒷부분에 무사히 안착했다.

"아우, 뜨거워."

민호는 찢어져 버린 재킷을 풀숲에 던져 놓고 얼른 블레이크와 연결된 소방호스를 풀어 아무렇지 않은 듯 거리로 나섰다.

『원하는 작전자료는 확보했어요?』

민호의 물음에 블레이크는 말없이 고개를 끄덕였다.

『잘됐네요. 그럼, 저는 이만…….』

취리히에서와 마찬가지로 도와준 다음 갑자기 사라지려는

민호의 팔을 블레이크가 급히 붙잡았다.

『기다려요.』

『네?』

기습적으로 얼굴을 들이민 블레이크. 민호는 멈칫한 채로 키스할 수밖에 없었다. 방금 레펠강하를 시도해 내려온 골목 쪽으로 경비원들이 달려가는 모습이 보인 것이다.

'의심을 피하기 위해서야.'

그렇게 스스로 말해 봤지만, 블레이크의 입술이 달콤하다는 건 변명할 여지가 없었다. 가슴이 쿡쿡 찔려오는 가운데 블레이크의 얼굴이 떨어졌다.

『꼭 다시 만나요, 우리. 그리고 그때는 요원 대 요원이 아니라…….』

끼이이익.

호텔 앞쪽으로 CIA의 작전 차량, 딤섬트럭이 도착했다. 민호는 그곳을 가리켜 보이며 말했다.

『가서 네이든에게 임무 성공했다고 보고해야죠.』

『당신은요?』

『저도 제 동료한테 돌아갈 시간이에요. 지금 레스토랑에서 음식 시켜놓고 저 때문에 기다리는 중이거든요.』

『하지만 이런 도움을 받고 어떻게 그냥…….』

『비숍의 호의라 생각하세요. 저 정말 시간이 촉박해서. 갈게요, 블레이크.』

　민호는 거리의 사람들 틈으로 빠르게 달려가 이내 블레이크의 시야에서 완벽히 사라졌다.

———

Object : 울프의 구멍 뚫린 지포라이터.
Effect : 서바이벌 스페셜리스트의 지식과 장비 활용 노하우를 공유한다.

Object : 심광석의 식칼.
Effect : 헐리웃 여배우도 반할 퓨전요리 전문가의 손맛을 흉내낼 수 있다.

High Relic : 대장군의 백룡검.
Effect : (미상)

High(X) Relic : 사기꾼의 '망할' 주사위.
Effect : 주사위를 던지면 짜릿한 쾌감을 위해 이 한 몸을 불사르게 된다.

63.
윈터 이즈 커밍 (1)

　강남 피트니스 센터 앞.

　밴의 운전석에 앉아 있던 공도윤은 창밖에서 칼바람이 들어와 몸을 부르르 떨었다.

　"어우, 추워. 겨울 다 됐네."

　이번 가을은 유난히 짧은 기분이었다. 2주 전, 홍콩의 섬에서 접했던 포근한 기후가 벌써 아득한 기억처럼 느껴질 만큼 그새 바쁜 시간을 보냈다.

　공도윤은 센터 안에서 새벽부터 운동하고 있을 민호가 나오길 기다리며 한 주간의 예상 스케줄을 정리하기 시작했다.

　"어디 보자."

　아날로그 감성으로 문서 작업만 하다 최근에 사용하기 시

작한 타블릿 화면을 슥슥 터치하던 공도윤은 이내 안타깝다
는 표정이 됐다.

케이블 섭외 요청만 열네 건.

"죄송합니다, PD님들."

일일이 문자를 넣어 사과의 말을 보내고 나니 남모를 뿌듯
함이 느껴졌다.

케이블 스케줄은 일단 거절부터 하고 보는 지금의 상황은
공도윤에겐 행복 그 자체였다. 잘나가는 연예인을 담당하는
것만큼 매니저로서 기분 좋은 일이 또 있으랴.

"흥흥~"

노래가 절로 코에 머무는 가운데, 민호에게 건네줄 예상
스케줄표 정리를 끝마쳤다.

【11. 29 ~ 12. 4】

금 : KG '윈터 컴필레이션 앨범 회의' 참석, 드라마 촬영.

토 : '달인의 조건'(격주, 고정) 2회차.

일 : 드라마 촬영 후 출국.

일~월(시차 7시간) : 파리. 한불 수교행사.

월 : 귀국. 드라마 촬영.

화 : '불후의 음반' 동반 출연, 드라마 촬영.

수 : '메디컬 24시'(격주, 고정) 5회 차.

목 : 광고, 'ST 이동통신'.

단 하루도 빈틈이 없는 빡빡한 스케줄. 특히 파리에 다녀와야 하는 짧은 일정의 추가는 주말의 휴식 시간마저 사라지게 만들었다.

'대사관에서 직접 요청이 들어올 줄이야. 파리 부시장 마음은 언제 또 사로잡으신 건지, 원. 하여튼 우리 민호 씨는 알아줘야 한다니까.'

예상 스케줄을 한눈에 들어오도록 정리하고 나니, 11월 내내 민호에게 과도한 일을 요구하고 있다는 생각이 들었다. 굵직한 것만 남겼는데도 이 정도다.

공도윤은 뭐라도 해야겠다 싶어 휴대폰을 들었다. 그리고 '임소희 사장님'이라는 이름을 꾹 눌렀다.

신호가 가고 수화기 너머에서 음성이 들려왔다.

—어, 도윤아. 나도 마침 전화하려고 했는데.

"그래요?"

—다름이 아니라, 이번 컴필레이션 앨범 수록곡을 쭉 들어봤거든. 윤이설의 '겨울이 와요'가 가장 좋더라. 크리스마스 시즌 송으로 제격이야.

"그 노래요? 민호 씨도 이번에 편곡 작업하면서 멜로디가 귀에 착착 감긴다고 무척 좋아했습니다."

-그걸 아예 앨범 타이틀로 정해서 단체로 부르면 어떨까 해. 민호 씨한테 의견 좀 물어봐 줄래? 가능하면 프로듀싱도 같이.

"타이틀 곡 지정은 몰라도 프로듀싱이라면 아마……."

-아마도 거절하겠지. 레이블 식구 아니면 프로듀싱하지 않겠다고 공언했으니까. 그래도 이건 좋은 기회라는 걸 명심해.

공도윤도 그쯤은 알고 있었다. KG엔터처럼 거대한 규모의 가수 집단을 운용하는 회사에서, 수많은 인기가수를 배출해 낸 쟁쟁한 프로듀서 대신 소규모 레이블의 프로듀서와 작곡가가 작업한 곡을 타이틀로 정한다는 것은 상당히 파격적인 인사였다.

-너는 무슨 용건이었는데?

"아, 이번 민호 씨 파리 스케줄 때문입니다. 외교부에서 비즈니스석으로 예매한 항공권을 보내서, 이걸 왕복 모두 일등석으로 교체하면 어떨까 싶어서요. 민호 씨 비행 도중이라도 최대한 편하게 휴식을 취할 수 있게."

-회사에서 경비 내달라 이거지?

"바로 그거죠."

-그 정도는 총무과에 네가 직접 요청해.

"제가요?"

─앞으로도 민호 씨 관련한 경비는 직접 요구해서 받아.

일이백도 아니고 몇천이 오가는 경비는 실장들도 쉽게 타서 쓸 수 있는 금액이 아니었다.

─4/4분기 이사회의 때 결정하겠지만, 민호 씨 인지도나 회사에 주는 수익만 따져도 어차피 담당자의 직급을 올려야 해. 미리 축하한다, 공 실장.

"시, 실장이요?"

공도윤은 순간 할 말을 잃었다.

─참, 민호 씨에게 의견 제안할 때 KG 윈터 시즌 앨범 기본 판매량이 어떤지 꼭 강조해 줘.

통화가 끝난 후, 공도윤은 백미러에 걸린 딸 수아의 사진에 시선이 머물렀다.

"승진이라니."

꿈이란 건 너무 빨리 이뤄지면 실감이 나지 않는 법이다. 민호를 처음 담당했을 때는 그가 이렇게까지 일약 스타덤에 오르리라고 전혀 예상하지 못했었다.

매번 예상을 뛰어넘는 활약을 보여주는 민호에게 감탄하며, 이런 연예인을 보필하고 있다는 것에 얼마나 자부심을 느꼈던가.

'더도 덜도 말고 이대로만 쭉 가자.'

공도윤은 초심을 잃지 않기를 다짐하며 사진 속 수아에게 윙크를 날렸다. 딸아이가 좋아하는 공주 인형. 이번 크리스마스에는 세트로 사줄 수 있게 생겼다.

막 운동을 끝마친 민호가 센터 입구에서 걸어 나오는 것이 보였다.

"여깁니다, 민호 씨!"

오늘도 힘차게. 공도윤은 창밖으로 손을 번쩍 치켜들었다.

금요일 아침의 출근길.

민호는 밴 안에 앉아 회의 참석용 정장으로 갈아입기 위해 상의를 벗었다. 뒷좌석의 김 코디가 셔츠를 내밀며 말했다.

"민호 형, 요즘 운동하셔서 그런가? 핏이 좀 바뀐 거 같아요."

"그래? 안 좋아졌어?"

"아니요, 라인이 잘 빠졌다고 해야 하나. 코디들 사이에서는 이런 몸매를 뭘 입혀도 때깔 난다고 하거든요."

"나는 잘 모르겠는걸."

운전하던 공 매니저가 씩 웃으며 백미러에 시선을 던졌다.

"저도 한때는 몸짱을 꿈꾸며 헬스장을 다녔습니다. 제가 보기에도 지금 민호 씨는 바로 속옷 광고를 해도 무리 없을 정도입니다."

두 사람의 연이은 칭찬에 민호는 셔츠의 단추를 잠그며 이

너웨어 아래로 보이는 근육의 굴곡을 한차례 훑어보았다.

딱히 속옷 광고를 노린 것은 아니나 근래에 부쩍 활력이 도는 기분이긴 했다. 영양 만점의 발효액과 요원의 훈련 방식 때문이라는 생각은 들었으나 이것이 단기간에 이렇게 효과를 발휘할 줄은 몰랐다.

'그러고 보니······.'

민호는 옆 좌석에 올려둔 두꺼운 전공서적 '글로벌 이슈의 이해'를 흘끔 보았다.

드라마 촬영에 매진하는 서은하의 기말고사 준비를 도울 겸 가볍게 보기 시작한 책인데, 별다른 애장품의 도움 없이도 내용이 머릿속에 쏙쏙 들어와 박히는 중이었다.

'급이 오르면서 나도 모르던 잠재력이라도 폭발한 걸까?'

애장품 활용 능력이 늘어난 만큼 몸 역시 동반 성장했을지 모른다는 예감이 강하게 들었다. 어떤 것을 배워도 잘 받아들일 수 있을 것만 같은 자신감이 민호의 속에서 무럭무럭 피어올랐다.

'근거 없는 자신감은 아니야.'

무언가를 새롭게 익히고 받아들이는 과정과 애장품을 새롭게 받아들이고 활용하는 과정. 민호는 어쩌면 이 두 개가 상호보완적인 사이가 아닐까 하는 생각이 들었다.

뭐든 아는 만큼 보이는 법.

몸을 단련하고 지식을 쌓는 것을 결코 소홀히하면 안 되겠다는 결론에 본능적으로 도달한 민호는 전공서적을 펼쳐 나머지를 읽어 내려갔다.

"민호 씨, 오전 회의는 10시……."

책에 집중한 민호가 '빈곤의 덫'과 '정보기술혁명' 같은 단어를 중얼거리기 시작하자 운전하던 공 매니저도, 옷을 차곡차곡 정리해 두던 김 코디도 그의 공부를 방해하지 않기 위해 정숙을 유지했다.

"프로듀싱을 수락하신다고요?"

KG 사옥의 지하 주차장에 도착한 민호는 공 매니저에게서 들은 제안에 흔쾌히 고개를 끄덕였다.

"이설이 곡을 다 같이 부르겠다는 거잖아요. 상건이 형도 참여하고. 그러면 문제될 것 없어요."

"다행입니다. 괜찮은 기회라 여겼는데 거절하시면 어쩌나 했습니다."

"그래도 오늘 회의에서 결정이 나야 하는 거잖아요."

"임 사장님이 추진하시는 거니 확실합니다. 그리고 파리에 가는 비행편은 일등석으로 예약할 수 있을 것 같습니다."

생전 타본 적 없는 고급 좌석을 얘기하자 민호가 놀라서 물었다.

"퍼스트 클래스요? 그거 일반석 열 배 정도 하지 않아요?"

"시차 문제도 있고, 푹 쉬셔야죠. 외교부 주관 행사라 나중으로 미룰 수도 없으니. 하여튼 민호 씨만 고생입니다."

"어차피 기절해 있을 거라 무슨 좌석이건 상관없긴 한데……."

취화정으로 12시간 숙면을 취하면 시차 적응과 컨디션 조절은 그다지 힘들 것이 없어 혼잣말을 중얼거렸다. 그것을 들은 공 매니저가 되물었다.

"기절이요?"

"아, 아녜요. 프로듀싱 건 말인데 만약 확정돼서 단체로 부르게 되면 참여 가수 제가 몇 명 추가해도 되죠? KG 신인으로."

"당연히 가능합니다. 프로듀서 권한이니까요. 그런데 어떤 신인을? 혹시 상건 씨와 이설 씨 이후로 레이블에 새로 영입하실 만한 분?"

"그런 건 아니고요. 아직 데뷔 전이긴 한데 재능을 보이는 사람들이 있어요. 이 기회에 겸사겸사 경험 좀 쌓아 보면 어떨까 싶어서요."

궁금해하는 공 매니저에게 민호는 싱긋 웃어 보인 뒤에 밴에서 내렸다.

"저 먼저 올라갈게요."

KG 사옥 내부로 들어가는 엘리베이터에 들어선 민호는 회의장이 있는 4층이 아닌, 음악 연습실이 있는 2층 버튼을 눌렀다.

'회의는 아직 30분 남았으니.'

딩동.

민호는 복도로 나오자마자 열기가 어린 눈빛으로 연습실이 늘어서 있는 방향으로 걸어 나갔다. 최근에 윤이설의 곡을 녹음하다 마주친 파릇파릇한 연습생들을 구경하기 위함이었다.

악기실의 강화유리로 된 창문 너머로 키보드 건반을 두드리는 앳된 얼굴의 소년이 보였다. 그리고 그 옆에서 합을 맞춰 드럼과 베이스, 기타를 치고 있는 연습생들도 차례대로 민호의 눈에 들어왔다.

'오호, 굿굿! 잘들 하고 있어.'

민호의 시선은 그들이 연주 중인 악기를 향해 있었다.

아직 애장품은 아니지만, 애장품이 되기 위해 은은한 빛을 사랑스럽게 깜박이고 있는 것들. 어떤 것은 금방이라도 애장품이 될 것처럼 몹시 빠르게. 어떤 것은 천천히 공을 들여 기다려야 할 것처럼 느긋한 깜박임을 보였다.

이번엔 건너편 안무실 쪽으로 눈을 돌렸다. 저곳에도 '스웰'이 살아 있다는 춤 신동이 한창 리듬을 타며 안무를 연습 중이었다.

아주 느릿하지만 은은한 빛이 어렸다가 사라지길 반복하고 있는 안무실을 보며, 민호는 부디 애장공간이 되어 주길 마음으로 열렬히 응원했다.

전국 각지에서 모여든 재능 있는 아이 중에서도 오디션을 통해 극소수를 선발한 KG의 실력 좋은 연습생들. 그들이 애장품을 소유할 가능성을 보이는 것은 크게 이상한 일은 아니었다.

'다들 힘내. 이 형이 격하게 아낀단다.'

애장품이 될 법한 물건을 알아볼 수 있다는 건 이렇게 민호에게 소소한 행복을 안겨다 주고 있었다.

"뭘 그렇게 유심히 봐요?"

그렇게 복도를 거닐며 즐거운 미래를 상상하고 있던 민호의 등뒤로 불쑥, 누군가의 목소리가 날아들었다. 은은한 빛의 깜박임에 취해 있던 민호가 반사적으로 대꾸했다.

"애들이 예뻐서."

"누가요?"

"저쪽에서 키보드 치는 애. 그리고 요기 춤추는 애랑 옆에서 발레 하는 애도. 어우, 쟤는 마이크 붙잡은 자태가 노래

끝내주게 부르게 생겼…….."

대답하던 민호가 '응?' 하고 고개를 돌렸다. 선글라스를 쓰고 있는 오소라가 손을 흔들며 '안녕' 하는 동작을 선보였다.

"아주 푹 빠졌네."

"오해 마라. 네가 생각하는 그런 거 아니다."

민호의 재빠른 변명에 오소라는 피식 웃으며 물었다.

"여기 여자 연습생 중에 관심 있는 사람 있나 보죠? 율희? 수아? 둘이 연습생 미모 톱인데 소개시켜 줘요?"

"큰일 날 소리! 내가 예쁘다고 말한 건 아직 나이도 어린 애들의 재능이 빛난다는 의미라고."

"알아요."

당황한 민호를 보고 더 파고들 것 같던 오소라가 갑자기 고개를 끄덕였다.

"알아? 뭘?"

"올해 오디션에서 주목받은 애들만 콕 집어 말했잖아요."

"내가 그랬어?"

민호는 단순히 애장품의 가능성만을 보고 짚은 것이기에 고개를 갸웃할 뿐이었다.

"그래도 여자 연습생들 그렇게 대놓고 쳐다보지 마요. 혹시 이 오빠가 나한테 관심 있나 오해할 수 있으니까. 나처럼."

"그건……."

소라는 역시 소라다. 민호는 돌려 말하는 법 없이 매번 직구를 날리는 그녀에게 손을 번쩍 들어 인사했다.

"암튼 오랜만이야, 소라야. 동남아 순회공연 갔다더니 무사히 돌아왔네."

"아시아 투어 쇼케이스."

"그 말이 그 말이지."

"늙다리 같잖아요."

"뭐 어때. 데뷔 3년 차 아이돌이면 여기선 조상급인걸."

"오빠……."

농담을 던지는 민호에게 선글라스를 들어 눈을 찌릿 흘긴 오소라는 보컬실에서 연습을 끝마친 이들이 걸어 나오자 얼른 자세를 바로 하고 무게부터 잡았다.

"저기 소라 선배님 아니야?"

"어디? 와! 강민호 선배님도 있어!"

연습생들이 삽시간에 몰려들었다.

"소라 언니, 활동 마무리하셨다면서요?"

"펑키라인 이번 곡 무지 잘 들었어요. 안무도 좋아요!"

"민호 선배님, 청춘일지 또 출연하시는 건가요?"

복도가 혼란에 빠진 것도 잠깐.

"전부 그 입 다물라."

오소라의 한마디에 고요가 찾아왔다.

"연습타임 끝났으면 쉬러 가. 잠도 못 자고 공항에서 바로 와서 나 많이 피곤하다."

"네, 선배님!"

가수가 되길 염원하는 연습생들답게 한참 전에 데뷔한 직속 선배의 명령은 절대적이었다. 후배가 모두 사라지고, 비어 있는 연습실 문을 연 오소라가 민호에게 고개를 돌렸다.

"잠깐 얘기 좀 해요."

민호는 '무슨 얘기?' 하는 눈빛을 보내며 불안감에 휩싸였다. 지난번 고백과 관련한 부담스러운 얘기라면 거절할 생각인 민호에게 오소라의 말이 이어졌다.

"자칭 아이돌 전문가에게 상담 좀 할 게 있어요."

방음장치가 되어 있는 연습실 안에는 피아노 한 대와 의자가 놓여 있었다. 선글라스를 벗으며 의자에 걸터앉은 오소라가 민호를 돌아보며 말했다.

"이제 펑키라인 신곡 활동이 마무리되거든요. 저희가 아무래도 섹시댄스 위주 팀이다 보니까 겨울에는 거의 스케줄이 없어요. 그런데 회사에서 저보고 솔로 해보는 게 어떻겠냐고……."

"솔로? 잘된 일 아니야?"

"다른 멤버들도 축하해 주는데 괜히 미안한 거 있죠."

"우와, 소라 너 그 정도로 착했어?"

"야!"

장난 아니라는 표정의 오소라.

"미안, 농담이야."

민호도 진지한 눈빛이 되어 물었다.

"다른 멤버들 스케줄 줄어들까 봐 그게 싫은 거야?"

"3년 만에 겨우 안정적인 인기 끌고 있어요. 빨리 다음 신곡 준비해서 이 인기를 이어나가고 싶은데 솔로를 하게 되면 펑키라인은 어떡해요?"

아이돌그룹의 구성원 중에서 가장 주목받는 이가 솔로나 유닛 활동을 하는 건 흔한 일이었다.

"음, 아이돌 매니아 입장에서 얘기하자면 하는 게 좋다고 봐. 솔로 무대는 매력을 크게 어필할 수 있으니까."

"우리 애들은요?"

민호는 오소라 이마에 손가락을 딱, 튕겼다.

"아야! 이C. 왜 때려요!"

"이게 배부른 소리 하고 있어. 우리 레이블에 상건이 형이나 이설이는 너희 펑키라인 멤버 한 명분의 인지도도 없어서 입에 겨우겨우 풀칠하면서 홍대에서 무명으로 지냈어. 네가 뜨면 펑키라인도 뜨는 거야. 광고까지 찍으면서 잘나가고 있을 때 열심히 해."

"……네, 오빠."

뭔가 따끔하면서도 현실적인 충고에 오소라는 고개를 푹 숙였다. 그렇게 아픈 이마를 문지르고 있던 오소라가 넌지시 물었다.

"그럼요 오빠. 기왕 할 거, 제 솔로 앨범에 곡 하나만 오빠 듀엣으로 참여해줄 수 있어요?"

"듀엣? 나보고 노래 부르라고?"

"집들이 때 들은 오빠 목소리 되게 좋았거든요."

'내가 왜……'를 중얼거리던 민호는 아주 짧았지만 오소라의 손끝에 어렸다 사라지는 빛을 발견하고 의문이 뒤섞인 얼굴이 됐다.

피아노 건반을 스치듯 만졌다가 떼기를 반복하는 손. 그때마다 오소라의 손에도, 피아노에도 은은한 빛이 어렸다가 사라졌다.

"소라야."

"네?"

"너 피아노도 쳐?"

"연습생 시절에 보컬트레이닝 하면서 좀 배웠어요. 기본적인 코드는 칠 줄 알아야 혼자 연습하기 편하거든요. 이래 봬도 제가 펑키라인 메인 보컬이잖아요. 이 방에서 수도 없이 날밤을 새웠죠."

"그때……."

민호는 건반을 또로롱~ 하고 건드리는 오소라의 손을 보며 물었다.

"피아노 재미있었니?"

"그럼요. 아이돌 팀에 안 뽑혔으면 지금쯤…… 아, 알랭만큼은 못 치겠다. 그러고 보면 오빠는 재주도 참 많아. 자꾸 탐난단 말이지. 어디 이런 남자 또 없나~"

오소라의 은근한 말에도 민호는 그다지 반응이 없었다.

"에잇! 시시해. 됐어요, 듀엣. 저랑 콜라보하고 싶어서 줄선 남자들 엄청 많거든요?"

"까짓것 하지 뭐."

예상을 깨는 민호의 대답에 오소라의 표정이 환해졌다.

"정말요?"

"대신."

"대신?"

"곡 연습할 때 반주는 여기서 네가 해. 그게 조건이야."

"네에?"

오소라의 눈이 휘둥그레졌다.

민호는 설마 하는 가능성을 느끼자마자 과감히 제안해 버렸다.

본인도 잘 몰랐던 재능. 만약 그녀가 피아노를 연습하며 저 깜박임이 빨라진다면, 애장품을 소유할 가능성이 있는 이들을 더 확실히 도와줄 수 있는 규칙 하나를 발견한 셈이 된다.

겨울. 바야흐로 성장의 계절이었다.

라디오 스케줄을 끝마치고 회사로 돌아온 윤이설은 좋은 소식이 있다는 민호의 문자에 경쾌하게 '스타피스' 작업실의 문을 열었다.

"다녀왔습니다!"

잔뜩 기대했던 것과는 달리 안에는 이상건 선배뿐이었다. 방 안을 두리번거리는 윤이설의 눈길에 이상건이 피식 웃으며 말했다.

"민호 회의 중이야."

"그래요?"

스케줄 때문에 떠난 건 아님을 확인하자 윤이설의 얼굴에 다시 활기가 감돌았다. 이상건은 그런 그녀를 지켜보다 정리 중이던 악보를 내밀었다.

"이거 어제 놔두고 갔던데. 이설이 네 거 맞지?"

"아……."

화들짝 놀라 악보를 숨기는 윤이설은 '보셨어요?'라는 눈길로 이상건의 눈치를 살폈다.

'Love is coming'이라는 제목의 노래. 'Love'라는 글자를 지우고 'Winter'로 바꾸면, 이번에 레이블을 대표해 컴필레이션 앨범에 제출한 '겨울이 와요'라는 제목으로 돌변한다. 당연하게도 악보에 그려진 멜로디가 흡사했다.

"선배님. 이거 민호 오빠한테는 비밀로 해주세요."

똑같이 작곡하는 처지인지라 이상건은 대번에 상황을 짐작했다. 이 노래를 어떤 감정으로 만들었는지. 어떤 가사를 붙였다가 지웠는지.

"네가 곡을 만든 의도는 캐롤용이 아니었잖아. 어쩐지 반주할 때 살짝 찜찜한 기분이 들더라니."

"그래도 편곡은 엄청 좋게 됐잖아요."

"그건 민호 능력 때문이고. 원곡의 감성은 소녀의 고백을 풋풋하고 아름답게 표현한 거잖아."

"괜찮아요, 선배님."

이상건은 애써 담담한 미소를 짓는 윤이설을 딱한 표정으로 바라보았다. 그리고 약간의 도움이 될까 싶어 입을 열었다.

"너 배우 서은하 씨 알지?"

"네."

"전에 민호랑 있는 걸 봤는데 무척 다정해 보였어. 그러니까 이런 노래로 돌려서 말할 생각하지 말고 용기를 내봐. 우리 내일 예능도 같이 찍잖아. 민호 애가 이런 면에서는 아주 둔하니까 늦지 않았다면……."

벌컥.

"이설아! 상건이 형!"

회의를 끝낸 민호가 작업실 문이 열고 뛰어들었다.

"우리가 작업한 노래가 KG 윈터 시즌 타이틀곡으로 선정됐어!"

이 외침에 윤이설이 입을 벌렸다.

"진짜요?"

"그럼! 콘셉트부터 파트 분배까지 전부 이설이 네가 결정해도 된다고!"

"그, 그건 대표님이 하세요."

"상건이 형이 해도 돼요!"

"나는 코러스랑 반주만 할게."

이상건도 이런 결과가 나올 줄 몰랐기에 깜짝 놀란 건 마찬가지였다. 몇 달 전만 해도 홍대에서 아는 동료의 대리 무대를 섰던 윤이설은 이제 KG를 대표하는 시즌 송까지 만들어 내는 작곡자가 되어 버렸다.

기쁨에 가득한 민호의 얼굴과 그것을 수줍게 지켜보는 윤이설의 얼굴을 조용히 지켜보던 이상건은 두 사람의 어깨를 확 붙잡아 얼싸안았다.

"민호 너 때문에 음악 할 맛 난다!"

"형 덕분에 기타도 재밌게 치고. 제가 더 음악 할 맛 나는 걸요!"

"좋아, 좋아!"

그렇게 뛸 듯이 기뻐하는 가운데, 이상건은 민호와 윤이설이 바짝 붙어 있을 수 있게 은근슬쩍 밀었다. 윤이설은 민호가 코앞에 있자 고개를 푹 숙였으나, 민호는 그저 덩실덩실 춤만 춰댔다.

'저렇게 둔하니. 쯧쯧.'

이상건은 내일 함께 촬영할 예능에서 좀 더 부추겨 봐야겠다는 생각이 들었다. '겨울이 와요'가 도로 '사랑이 와요'로 바뀌는 한이 있더라도 말이다.

"벌써 이렇게 됐네."

민호는 작업실 벽에 붙어 있는 시계를 확인하고 자리에서 일어났다. 가사 조정과 파트 분배에 대해 의논하다 보니 어느새 오후 2시.

드라마 촬영이 있는 저녁 전까지 대충의 작업은 끝내놔야겠다 싶어 민호는 바삐 다음 행동을 개시했다.

"상건이 형, 가이드 녹음 새로 따요. 이설이도 지금 스케줄 없지?"

프로듀싱에 대한 준비는 여러 목소리에 윤이설의 목소리를 덧입히는 재녹음 과정 이후, 'Once'에서 그것을 틀어보는 것으로 마무리할 생각이었다.

"가이드?"

반주 악보를 챙기던 이상건이 민호의 말에 의문을 느꼈는지 고개를 돌렸다.

"그런데 당장 단체곡을 같이 불러줄 만한 사람들이 있나? 중요 파트만 나눠도 최소 다섯은 넘어야 하는데."

"있어요."

아까 눈여겨 보아둔 재능 충만한 연습생들을 떠올린 민호가 싱긋 웃었다.

"저 2층에서 가이드 불러볼 연습생 캐스팅 좀 하고 올게요."

"아, 연습생?"

이상건이 고개를 끄덕이는 사이 민호가 문 앞에 섰다.

"쉬었다가 30분부터 작업해요."

민호가 밖으로 나가고, 이상건은 회의 내내 멍하니 앉아 있던 윤이설의 발끝을 탁자 아래로 톡 건드렸다. '네?' 하는 그녀의 표정에 입가에 의미심장한 미소를 그린 이상건이 밖을 가리켜 보였다.

"작곡자랑 편곡자끼리 틈틈이 교감을 쌓아야지. 둘이 자주 얘기해야 명곡 많이 탄생할 거 아니야. 더 친해질 기회도 생기고."

"아……."

어떻게든 따라가서 말을 붙여 보라는 의미. 선배의 의도를 알아챈 윤이설이 허겁지겁 밖으로 달려 나갔다. 그러다 고개를 휙 돌려 고맙다는 눈길을 보냈다.

벌컥.

"대표님!"

"응?"

복도에 나온 윤이설의 외침에 민호가 고개를 돌렸다.

"가, 같이 가요."

쪼르르 달려와 민호와 마주 선 윤이설은 그녀 생애에 이렇게 머리가 빨리 돌아간 적이 있나 싶을 정도로 수많은 생각을 한꺼번에 했다.

"곡 얘기도 좀 하고요…… 화음도 새로 생각난 게 있거든요."

"그럴까?"

가까스로 짜낸 변명을 들어주고 대수롭지 않게 엘리베이터 버튼을 누르는 민호를 보며 윤이설은 '휴' 하고 안도의 한숨을 내쉬었다. 쉬는 시간을 같이 보내는 건 일단 성공.

딩동.

엘리베이터에 올라탄 민호는 레이블의 보배이자 장차 KG 엔터를 대표하는 가수가 될 것이 분명한 윤이설에게 부드럽게 물었다.

"방송은 좀 익숙해졌어?"

"네, 이제는 그렇게 안 떨려요. 음악프로는 PD님 얼굴도 눈에 익고, 존경하는 가수 선배님도 많이 뵐 수 있어서 좋고, 예능은……."

자연스러운 분위기를 타고 민호와 함께 출연 중이라 좋다는 얘기를 하려다 윤이설은 화들짝 놀라 그만 딸꾹질을 할 뻔했다.

"예, 예능은 아직 잘 모르겠어요."

"걱정 마, 잘하고 있어."

이상건과 윤이설에 진큐까지 출연한 달인의 조건 파일럿 촬영은 무난했다는 평을 얻었다. 박사마을의 어르신들을 다시 만난 터라 민호는 마냥 즐거웠으나 나 PD는 좌충우돌하는 그림이 나오지 않는다고 아쉬워했다. 그래서 내일은 출연진이 고생할 법한 함정을 파고 있지 않을까 조심스레 예측 중이었다.

"이설이 너는 지금처럼만 하면 돼. 힘든 건 내가 다 커버해 줄게."

이렇게 말하던 민호는 동그란 눈으로 흘끔 자신을 올려다보다 자꾸만 고개를 푹 숙이는 윤이설의 머뭇거림에 무슨 할 말이 있나 싶어 물었다.

"왜, 이설아?"

"아녜요."

윤이설이 곧바로 좌우로 머리를 흔들며 입을 꾹 다문 까닭에 대화는 더 이어지지 않았다.

엘리베이터가 2층에 도달하는 동안, 윤이설은 숱한 말을 고민했다. 내려가면 연습생들이 몰려올 것이 뻔하기에 진지한 대화는 불가능하다는 조바심까지 일었다.

용기를 내라던 이상건의 말이 자꾸만 떠올라 윤이설은 그녀도 모르게 민호를 쳐다봤다.

부쩍 날렵해진 턱선에 한동안 눈길이 머물렀다. 날이 갈수록 잘생겨지는 느낌이었다. 그러다 마침 고개를 돌린 민호의 친근한 시선과 얽히고 말았다.

"아……."

가슴이 콩닥콩닥. 뭐라도 말해야 한다는 압박감에 윤이설이 대뜸 물었다.

"대표님 혹시 사귀는 사람 있나요?"

민호가 멈칫했다.

'으이구, 바보, 맹추야!' 하고 머리를 쥐어뜯고만 싶은 심정이 된 윤이설이 다급히 수습을 시도했다.

"그, 그게요. 사랑 얘기를 담은 노래를 만들고 싶은데 제가 경험이 없어서요. 대, 대표님 얘기라도 들으면 참고가 되겠다 싶어서."

"아아. 난 또 뭐라고."

기습적인 질문에 순간 당황했던 민호가 웃으며 대답했다.

"남의 이야기를 듣는 것보다 너의 솔직한 경험이 음악에 더 도움 되지 않을까? 우리 레이블은 연애금지 이런 거 없어. 대표로서 이설이 네 마음에 든 남자라면 무조건 오케이다."

윤이설은 '그 남자가 바로 옆에 있는걸요' 하는 소리가 목구멍까지 치밀어 올랐으나, 수줍음에 차마 그것을 내뱉지 못했다. 그렇게 엘리베이터가 2층에 도착했다.

민호는 앞으로 걸어 나가며 눈을 반짝였다.

"이설이 너 연습생 보면 깜짝 놀랄걸? 잘하는 애들 무지 많아. 몇 명은 실제 녹음 때도 참여시킬 생각이야."

30분 후.

이상건은 풀이 팍 죽어 작업실로 들어서는 윤이설을 보며 교감 쌓기가 잘 안 됐음을 직감했다. 그녀의 뒤를 이어 민호가 임시 캐스팅한 연습생들이 차례대로 작업실 안으로 들어왔다.

"처음 뵙겠습니다, 이상건 선배님!"

"이상건 선배님도 계셨어? 우와! 전 '꿈꾸는 청춘' 부르실 때부터 좋아했어요!"

젊은 피의 등장에 작업실도 왁자지껄 활기가 돌았다. 이상건은 웃음으로 그들을 맞이하다 마지막으로 들어온 소녀 연습생에게 시선이 머물렀다.

"여기가 민호 선배님 작업실이란 말이죠? 우와아, 5층에 이런 곳이 있었네요. 멋져~ 멋져~"

소녀는 한눈에도 예쁘다는 것이 느껴지는 얼굴에 애교가 가득한 말투로 쉴 틈 없이 조잘거리고 있었다. 그것을 가만히 지켜보고 있는 윤이설은 속으로만 끙끙 앓을 뿐 아무 말도 못 하는 중이고.

'음.'

윤이설이 잔뜩 풀이 죽은 이유가 저것 때문이었나 보다.

"반가워요, 선배님~"

이상건과 눈이 마주친 소녀가 활짝 웃으며 인사했다.

"율희라고 합니다. 열여덟이고요, 말씀 편하게 하세요."

"어, 그래. 반갑다."

사교성까지 뛰어난 준비된 연습생의 모습에 이상건은 나직이 혀를 찼다. 윤이설이 이 소녀의 반만이라도 적극적이었다면 훨씬 매력을 뽐낼 수 있으련만. 민호는 다행히 저런 애교에 무덤덤해 보였으나 율희가 계속 떨어지지 않은 까닭에 윤이설의 얼굴은 점점 울상이 되어 갔다.

"가이드라고 해서 부담 가질 필요 없어. 느낌만 살려 보려는 거니까."

방안을 둘러선 이들에게 악보를 나눠 준 민호가 이상건에게 사인을 보냈다.

"일단 곡부터 들어볼까?"

이상건이 음악 파일을 열었다. 솔로곡으로 작업한 '겨울이 와요'가 스피커를 통해 흘러나왔다.

심대휘의 맑은 키보드 전주에 윤이설의 고운 음색이 입혀지자, 방 안은 일순 흰 눈이 내리는 거리가 된 것처럼 포근함과 설렘이 맴돌았다.

민호가 데려온 연습생 모두 손끝과 발끝으로 리듬을 맞춰 보기 시작했다. 민호는 긴장하지 말라고 했으나, 다들 오디션을 보는 것마냥 진지한 표정이 되었다.

─겨울이 오니까. 겨울이니까. 낙엽이 진다고 슬퍼 말아요…….

후렴구가 왔을 때는 이미 초견으로 익힌 악보의 멜로디를 따라 흥얼거리는 연습생들까지 생겨났다.

이상건은 처음 들은 노래에 화음까지 넣어보는 연습생들

의 실력에 놀라면서도, 윤이설이 본래 만들었던 원곡의 가사가 자꾸만 떠올라 민호에게 시선을 돌렸다.

'그러고 보면 이상하단 말이야.'

저 율희라는 소녀가 아무리 예쁘장하게 생겼다고 한들, 윤이설의 미모에는 비할 바가 아니었다. 옻칠해 놓은 것처럼 윤이 나는 생머리, 길게 올라간 속눈썹과 오똑한 코, 갸름한 얼굴. 그 모든 것이 어울려 남자가 반하지 않고는 못 배길 매력을 충분히 뽐내고 있지 않은가.

노래가 2절에 돌입하자 악보를 보고 따라 부르는 연습생들 때문에 작업실 안이 시끄러워졌다.

이상건은 그 틈에 민호의 옆으로 슬쩍 다가가 다른 사람에겐 들리지 않게 조심스레 물었다.

"민호야."

"네?"

"너 좋아하는 사람 있어?"

"뭐야, 그게 왜 궁금한데요?"

한 번 데인 덕택에 침착하게 반응하는 민호. 이상건은 한쪽에 서 있는 윤이설을 눈짓으로 가리켰다.

"이설이 봐봐. 안 귀여워?"

"당연히 무지하게 귀엽죠."

"이설이 보고 군침 흘리는 남자 연예인들이 얼마나 많

은데."

"저는 이설이의 눈을 믿어요."

"뭘 믿어?"

"이런 음악을 만들 만큼 총명한 애가 엄한 남자에게 홀릴 리 없다는 거요."

"그러니까 너는 왜……."

노래가 끝났다. 이상건은 정작 사귀는 사람 있느냐는 질문에 대한 대답을 받지 못했음을 깨닫고 아쉬운 마음으로 등을 돌렸다.

'이거 아무래도…….'

단순히 둔한 게 아니라 이미 마음을 준 사람이 있을지 모른다는 최악의 상황을 염두에 둔 이상건은 매번 민호 때문에 가슴을 졸이는 후배를 딱하게 바라볼 수밖에 없었다.

연정이란 건 깊어지면 깊어질수록 정리할 때의 아픔도 커진다. 특히나 감수성이 예민한 음악가라면 더더욱. 기왕 아플 것이라면, 미리 아픈 편이 낫다.

"민호 너 내일 밤에 출국한다고 했지?"

"밤은 아니고 거의 새벽에요."

이상건은 예능 촬영이 끝나고 회식 자리에서 확실히 떠밀어 봐야겠다는 결심을 굳혔다.

거의 모든 것이 완벽한 민호에게 유일한 구멍이 있다면 그건 술. 약하게 한 모금 먹인 뒤에 물어보면 아마도 대답을 들을 수 있을 것이다.

몇 번의 연습 뒤에 시작된 가이드 녹음의 첫 단추는 연습생 중에서도 실력파 보컬로 이름난 스무 살의 청년, 이범부터 시작됐다.

―가끔은 이런 날 뒤도 보지 말고 달려 나가야죠. 흰 눈 위에 발자국을…….

안정적인 목소리 톤에 밖에서 모니터링 중이던 이상건이 놀라서 민호에게 눈을 돌렸다.

"얘 잘하는데? 기성가수라고 해도 손색없겠어."

민호는 고개를 끄덕이면서도 어딘지 탐탁지 않은 표정이 됐다. Once에서의 편곡은 반지의 기억력을 통해 정확하게 각인되어 있기에 약간의 음정이라도 어긋나면 그것이 곧바로 비교되어 들리곤 한다.

사계절 형님 같은 내로라하는 인디의 실력자하고만 작업해 온 까닭에 그간은 크게 의식하지 못했으나, 박자와 음정이 차이가 날수록 신경에 거슬리는 느낌이 강해졌다.

이범의 일 차 녹음이 끝나고 민호가 녹음실 안과 이어진 마이크에 대고 말했다.

"범아. 가이드니까 최대한 악보를 따라가야지. 세 번째 마디 두 번째 가사, '흰 눈 위' 할 때 첫 음이 '라#'이잖아. 이걸 그냥 '라'로 부르고 있어. 뒷마디는 박자가 한 템포 느렸고. '딴딴'이 아니라 '따단~' 하는 느낌. 그리고……."

디테일한 지적이 꼬리를 물고 이어지자 차례를 대기 중인 연습생들도 긴장감 어린 눈빛으로 돌변해 서로 대화를 주고받았다.

"민호 선배님, 잡아내는 수준이 장난 아냐. 우리 보컬 선생님보다 날카로워."

"편곡 실력이 끝내준다더니 정말 급이 다른 거 같지?"

두 번, 세 번, 네 번째로 녹음실 부스에 들어간 연습생에게까지 민호의 지적은 끊이지가 않았다.

ㅡ눈이 오니까. 겨울이니까…….

"잠깐만."

마지막으로 들어간 율희의 파트를 가만히 듣고 있던 민호가 손을 들어 녹음을 중지했다.

"이설아. 율희 옆에서 같은 부분 한 번만 불러 줄래?"

윤이설이 부스에 들어가 마이크 앞에 섰다. 반주가 시작되고 윤이설의 목소리로 2절 후렴구가 나오자 민호는 귀가 정화되는 느낌을 받았다.

윤이설도 신인이긴 하지만 확실히 재능만으로는 커버할 수 없는 숙련도의 차이가 바로 느껴졌다.

"들었지? 이렇게 느낌을 살려봐."

─선배님. 저 음정하고 박자 윤이설 선배님이랑 다르지 않았는걸요?

연습생들 틈에서 절대음감을 자랑하는 율희였기에 바로 반발하고 나섰다.

"정확하니까 감정을 살려보라고 얘기한 거야. 너라면 할 수 있을 것 같아서."

그렇게 수차례 녹음을 더 했으나 민호의 표정은 나아지지 않았다.

"됐다. 이 정도면 훌륭해. 수고했어."

민호는 시간도 거의 다 됐고, 이후는 빠르게 정리해야겠다 싶어 율희를 부스에서 불러냈다. 그러나 프로듀서가 만족하지 않았음을 본능적으로 깨달은 율희가 고개를 흔들었다.

─한 번만 더 불러볼게요.

"아니야. 이건 지금 네 경험으로는 닿을 수 없는 벽 같아. 그래도 시간이 지나면 더 잘할 거야. 너, 재능이 있거든."

자존심에 금이 간 율희가 어깨를 축 늘어트리며 말했다.

─대체 뭘 요구하시는지 모르겠어요.

"이게 말만으로 표현하기에는 조금 애매한 거라……."

프로듀서의 성향에 따른 감의 영역. 이상건은 민호의 디테일한 지적에 익숙했기에 별다른 표정이 없었으나 어느 순간

부터 작업실의 분위기는 싸해져 있었다.

민호는 그것을 감지하고 율희뿐만 아니라, 녹음 내내 지적을 당해 의기소침해진 나머지 넷의 연습생에게도 시선을 돌렸다.

'잘되라고 너무 욕심을 부렸나?'

이 연습생들은 애장품을 소유할 가능성이 큰 꿈나무들이었다. 쑥쑥 자라주어도 시원치 않을 판에 자신감에 찬물을 끼얹어 버린 듯한 상황으로 몰고 간 것은 큰 손해였다.

어떻게든 도움을 줘야겠다 싶어 고민하던 민호는 경험이 미숙한 저들에게 차라리 더욱 세밀한 조언을 아끼지 않는 게 좋겠다 싶어 행동에 옮겼다.

백팩에서 구형 카세트를 꺼내 귀에 꼽은 민호가 말했다.

"다들 잠깐만 모여봐."

녹음실에서 나온 율희와 다른 연습생들이 탁자에 둘러앉았다. 민호는 이어폰을 통해 들려오는 팝송가수의 발성과 목소리 톤이 이범과 비슷한 것을 느끼고 이상건에게 말했다.

"형, 이범이 파트 반주 좀 부탁해요."

한쪽에 다리를 꼬고 앉은 이상건이 기타의 몸체를 통통 두드려 박자를 세고 바로 연주를 시작했다.

민호는 그 리듬에 맞춰 기억 속에 각인된 이설이의 노래를 따라 불렀다.

"가끔은 이런 날 뒤도 보지 말고 달려 나가야죠-"

중저음의 호소력 짙은 발성에 모두의 귀가 쫑긋했다.

"범아. 넌 여기서 '이런 날'에 음정이 너무 흔들려. 음이 높다고 지르려고 들어서 아닐까? 이설이 원곡은 이 부분에서 완급 조절이 끝내주거든. 이설아, 한 번만 불러줄래?"

윤이설이 같은 부분을 여자의 음정으로 부를 때, 민호가 끼어들어 화음을 맞춰 노래를 불렀다. 그 감미로운 멜로디가 이범의 가슴 한구석을 톡 건드렸다.

"선배님들, 이거 녹음 좀 하겠습니다!"

이범이 디지털 녹음기를 꺼내 집중해서 두 사람의 목소리를 담기 시작했다.

'옳지.'

민호는 속으로 고개를 끄덕였다. 이범이 왼손에 쥐고 있는 저 물건은 원래부터 애장품의 가능성을 보이는 것이었다. 머물러 있던 은은한 빛이 좀 더 빠르게 반짝이는 것을 확인하고 나니 한 가지 사실을 확신할 수 있었다.

'재능과 노력만큼 중요한 게 그 분야에 대한 관심과 애정도라 이거지.'

이후는 생각보다 간단했다. 카세트테이프에서 연습생들과 비슷한 호흡과 발성을 지닌 팝송가수의 능력을 빌어, 하나하나 노래를 불러 주고 왜 윤이설 같은 감성을 내지 못하는지를 분석해서 얘기해 주는 것.

민호는 그때마다 애장품 꿈나무들이 다들 만족해하는 것을 보며 내심 쾌재를 불렀다.

똑똑.

오후 4시가 되자 작업실 문을 열고 공 매니저가 고개를 내밀었다.

"민호 씨, 촬영 스케줄이 1시간 남았습니다."

"아, 거의 끝났어요. 율희야, 느낌 알겠어? 한 번 더 불러 줄 시간은 없는데."

"녹음했습니다, 선배…… 아니, 선생님."

연습생들 사이에서 음악을 직접적으로 가르쳐 주는 트레이너는 선생님으로 불린다는 사실을 모르는 민호는 그저 고개를 끄덕이며 바삐 자리에서 일어났다.

"저 이만 가볼게요, 상건이 형 마무리 부탁해요."

"알았어, 너도 촬영 잘해. 그거 몇 화 안 남았지? 와이프도 그 드라마 팬이더라. 남자 출연자 중에 알랭이 제일 낫대. 분량 좀 늘려 달라고 시청자 게시판에 글도 썼단다."

문 앞에 선 민호가 밝게 웃으며 손을 흔들었다.

"형수님께 감사하다고 전해 주세요. 이설이도 안녕~"

"내일 봐요. 오빠."

"너희도 가이드 고마웠어."

"저희가 더 감사합니다!"

헤어짐을 아쉬워하는 사람들을 뒤로한 채 백팩을 어깨에 건 민호가 밖으로 나갔다.

"와, 강민호 선배님 소문만 들었다 뿐이지 이 정도일 줄은 몰랐어."

"나 결심했다. 스타피스 오디션 보기로."

"나도!"

KG의 연습생 중에서도 언제든 데뷔할 수 있다고 알려진 실력자들의 마구잡이 선언에 이상건은 나직이 웃었고, 윤이 설은 멍하니 문 쪽을 바라볼 뿐이었다.

64.
윈터 이즈 커밍 (2)

《사계절의 행운 21화 5-2 '알랭의 고백'》

한강의 세빛섬 옆 쉼터.

지미집 카메라와 헬리캠, 다리 위쪽에 원거리용 특수렌즈를 단 카메라까지. 단 4회가 남은 인기드라마의 클라이막스 촬영을 위해 촬영스태프 모두 분주하게 움직이고 있었다.

『당신이 너무 좋습니다. 아니지, 당신이 좋습니다.』

민호는 쉼터의 벤치에 앉아 프랑스어로 해야 할 대사를 되새기고 있었다.

"조명 감독님. 지금 느낌 어때요?"

옆에서 반사판을 점검하고 있던 조명 감독 이정호가 민호의 물음에 웃으며 말했다.

"내가 뭘 아나. 민호 씨 얼굴 살짝 오른쪽으로 돌려봐."

"이렇게요?"

"됐어. 그 각도로 은하 씨한테 들이대야 턱 라인이 뽀샤시하게 나와."

"아, 매번 감사해요."

오늘 촬영이 중요한 것이, 이 드라마의 재미를 이끌어온 포인트 중 하나가 드디어 결실을 보기 때문이었다.

우연한 기회에 테니스에 입문해 스포츠스타로 성공하는 여주인공의 일과 사랑. 그중에 사랑은 오늘로써 임자가 정해진다. 시청자들이 바라고 바라던 고백을 알랭이 멋지게 하는 것으로 말이다.

대본은 이미 머릿속에 착착 암기되어 있지만, 민호는 계속해서 대사를 중얼거렸다. 그러다 방송국 세트장에서 다른 신 촬영을 마치고 막 도착한 버스에 시선이 머물렀다.

스태프들 사이로 드레스를 입은 서은하가 내려서자 어둑한 가운데서도 주변이 환해지는 기분이 들었다. 벤치에서 일어난 민호가 손을 번쩍 들고 말했다.

"여기에요, 은하 씨!"

민호를 본 서은하가 반가운 얼굴로 달려왔다. 그러나 둘이 채 만나기도 전에 끼어든 사람이 있었다.

"여배우 왔으니까 카메라 동선부터 맞춰 볼게요! 은하 씨,

민호 씨. 지금 거기서 시작해요."

권우철 PD의 외침에 촬영스태프들이 그 사이로 우르르 몰려들었다. 건널 수 없는 다리를 사이에 두고 두 사람은 그저 시선만 나눠야 했다.

그렇게 동선 체크가 끝난 뒤에야 리허설을 위해 두 사람이 대사를 주고받기 시작했다. 지켜보던 권 PD가 손가락으로 오케이 사인을 보냈다.

"이렇게 갑시다. 조연출, 5분 뒤에 시작한다고 건너편에 무전 때려. 다들 스텐바이 5분 전입니다!"

종영이 다가오자 이젠 호흡이 척척 맞다 못해 다들 기계적으로 자기 할 일에 따라 움직이기 시작했다.

가까스로 5분의 대화 시간을 갖게 된 민호는 벤치에 앉으며 말했다.

"피곤하죠?"

자신이야 조연이라 이렇게 며칠만 참여하면 되지만, 서은하는 일주일 내내 집에도 못 들어가고 촬영에 임하는 중이었다.

"네, 조금요."

웬만하면 힘들다는 소리 안 하는 그녀의 입에서 피곤하다는 말이 나오자 민호는 어깨라도 빌려주고 싶은 심정이 됐다. 그러나 보는 눈이 넘쳐나다 못해, 쉼터 외곽의 통제된 곳에는 구경하는 이들까지 한 가득이었다.

쌀쌀한 강바람에 그녀가 행여 추울까 봐 외투를 벗어주는 매너를 보이는 것이 고작이었다.

"그래도 다음 주면 끝이라고 생각하니까 섭섭하고 그래요. 이제 겨우 알랭한테 고백받았는데 한 주밖에 못 즐긴다니."

배역에 폭 빠져 있는 서은하의 작은 투덜거림에 민호가 조용히 말했다.

"그런 고백, 제가 매일 해줄 수 있어요."

"말만으로도 고맙네요."

민호는 회중시계를 꺼내 주위의 시선이 사라지는 타이밍을 엿봤으나 전혀 찾을 수가 없어 한숨만 푹 내쉬었다. 그나마 차선책은 눈빛을 주고받으며 나누는 이런 대화뿐.

"좋아해요, 은하 씨."

"어머."

대사처럼 읊조렸으나 드라마 속 여주인공의 이름은 은채기에 서은하가 입을 가리고 속삭였다.

"은채라고 해야죠."

"걔는 알랭이 좋아한다고 해서요. 저는 은하 씨만 좋아요."

"후후. 그래도 저는 알랭이 마음에 들어요. 바람둥이 같아도 순수한 면이 있거든요."

"어? 그럼 저는요?"

"민호 씨는…… 너~무 좋고."

그렇게 남몰래 깨를 볶고 있는 두 사람 곁을 스태프 하나가 무심히 지나쳤다. 더불어 촬영감독까지 좋은 그림을 뽑기 위해 손가락으로 각도를 재며 얼쩡거리자 민호는 순간 헛기침을 하며 말했다.

"맞아요, 은하 씨. 빈부격차라는 문제가 정보격차라는 새로운 국제사회 이슈를 만들어 낸 거죠. 아프리카나 아시아 개발도상국의 가난한 사람들은 인터넷 접속에 필요한 능력도 부담할 수가 없잖아요."

뜬금없는 민호의 말에 무슨 얘기인지를 생각하던 서은하는 저것이 그녀의 전공서적 시험 범위에 있는 '빈곤의 덫'과 관련된 논술 내용임을 떠올리고 놀란 표정이 됐다. 그리고 옆의 스태프들이 좀처럼 떠나질 않자 그녀도 죽을 맞춰 의견을 제시했다.

"저는요, 민호 씨. 빈부격차에 학력세습도 필연적인 문제라고 생각해요. 부모님의 경제 능력에 따라 자녀의 학력수준과 교육수준이 달라지는 것 말이죠."

음향체크를 위해 대형 핀 마이크를 들이대던 스태프는 둘의 대화에 '이 와중에 공부라니?' 하는 시선으로 고개를 절레절레 흔들며 사라졌다.

다시 스태프들이 멀어지자 서은하가 박장대소하며 민호에게 물었다.

"이건 언제 공부했어요?"

"우리 은하 씨 F 맞으면 부끄러워서 얼굴을 들고 다닐 수가 없잖아요."

"아무리 그래도 F는 안 맞거든요?"

"그럼 도와주지 말까요?"

"아니요, 도와줘요."

"공짜는 안 됩니다."

미소를 나누는 두 사람에게 촬영 개시를 알리는 권 PD의 외침이 들려왔다.

펑, 퍼벙!

검은 하늘 위로 폭죽의 커다란 불꽃이 만개했다가 우수수 떨어져 내렸다. 빨강과 주황, 초록과 노랑으로 번져가는 불꽃들은 이따금 별과 나비로 변하며 하늘을 찬란하게 수놓았다.

『좋아합니다.』

알랭의 프랑스어에 앞서 걷고 있던 은채가 우뚝 멈췄다.

『계속 좋아했어요. 파리에서 처음 만났을 때부터.』

"무, 무슨……. 저 프랑스어 잘 못해요."

고개를 돌린 은채의 얼굴로 불꽃놀이의 반짝이는 빛이 어렸다가 사라지길 반복했다.

"그런데 얼굴이 왜 그렇게 붉어졌어?"

"몰라요!"

"좋아해."

"됐거든요?"

"그럼 좋아하지 말까?"

"나, 남자가 한번 말했으면 지켜야죠!"

수줍어하는 은채의 표정과 그런 그녀를 뚫어지게 지켜보는 알랭의 열정이 가득한 눈빛이 사방에서 그들을 찍고 있는 카메라에 아름답게 담겼다.

－홍 작가님, 어때요?

－권 PD님 생각은요?

－러브라인 이렇게 정리한 게 참 잘했다는 생각이 듭니다. 저 두 사람 연기가 참 안정적이에요.

－동감입니다.

폭죽까지 시도하며 물량을 투입한 화면은 성공적이었다.

권 PD는 NG의 기미조차 보이지 않는 모니터 속 두 사람을 지켜보다 소리쳤다.

"컷! 표정 좋아요! 이제 타이트 샷 갑니다!"

촬영이 끝나고, 민호는 다시 방송국 세트장으로 가야 하는 서은하를 바래다주기 위해 그녀와 함께 밴으로 향했다.

"저, 은하 씨."

"왜요?"

한적한 쉼터의 산책코스를 일부러 빙 돌아 걸었다. 짧지만 행복한 시간을 만끽한 것도 잠시. 민호는 방금 본 서은하의 연기가 자꾸만 아른거려 그녀에게 물었다.

"만약 누군가 은하 씨를 좋아하고, 은하 씨도 그걸 알고 있다고 해봐요. 하지만 마음을 받아줄 수는 없죠. 저를 좋아 하니까."

"후후, 그래서요?"

"그럼 그 누군가에게 확실히 말해 주는 편이 좋을까요?"

진지한 민호의 물음에 서은하가 웃으며 되물었다.

"그 누군가가 누군데요?"

"크흠. 그건 당장은 밝힐 수 없습니다."

사랑하는 이 앞에서 수줍어하는 서은하의 연기는 민호로 하여금, 오늘 내내 목격했던 윤이설의 얼굴을 떠올리게 하였다.

어찌 모르겠는가. 그러나 여린 윤이설의 마음이 행여 상처 를 입을까 확실하게 얘기하지 못하고 있었다.

"누가 날 좋아하는데, 더는 좋아하지 말라고 얘기를 해야 하나, 말아야 하나. 그 이야기죠?"

역시 서은하는 현명한 여자다. 단박에 정곡을 찌르는 그녀 에 민호는 헛기침만 계속할 수밖에 없었다.

"저라면요, 미리 정리하려 들진 않을 거예요. 누군가를 좋아하는 마음은 자유인 거잖아요. 그러다 마침내 그 누군가가 고백을 해온다면 끝까지 침착하게 들어주겠어요. 그리고 제 속에 있는 진심을 얘기하겠죠."

"그건……."

"그래서요. 누가 민호 씨를 좋아하는데요?"

눈썹을 과장되게 치켜뜨고 확 다가온 서은하의 시선에 민호는 머뭇머뭇하며 말했다.

"지, 질투하는 건가요?"

"당연하죠. 내 애인인데."

주위에 아무도 없음을 확인한 서은하가 팔짱을 껴왔다.

"질투는 질투고. 누군가 민호 씨를 좋아한다면 이해는 가요. 이렇게 매력적인 남자에게 호감을 느끼지 않을 이유가 없으니까요. 그러니 민호 씨가 알아서 해요. 저는 민호 씨를 믿어요."

"고마워요, 은하 씨."

이런 여인이 여자 친구라는 것은 분명히 과분한 행운이었다. 속 깊은 서은하의 조언을 듣고 보니 민호는 어느 정도 마음의 방향을 결정할 수 있었다.

【달인의 조건 첫방, 강민호는 옳았다.】

[Today 연예 권교영 기자] 지난 7월, QBS의 인기 예능 '청춘일지'에 게스트로 깜짝 출연해 예능계의 신스틸러로 떠오른 강민호. 그를 전격적으로 내건 나영광 PD의 도전에 관계자들은 일단 성공에 무게를 두고 있다.

이날 방송에서는 박사마을을 배경으로 지식의 끝판왕을 찾는 미션 레이스가 이어졌는데, 금요일 황금시간대 10.7%라는 높은 시청률을 기록, 파일럿임에도 불구하고 동시간대 1위의 기염을 토해냈다.

……중략…….

공학박사 김손한 교수와 함께 마을의 농업배수로 설계에 대한 조언을 아끼지 않은 강민호에게 이장 정철수는 '박사마을 명예주민' 카드를 꺼내 계속 방문해 주길 원했다는 후문이다.

한편, 예능 첫 출연이라는 이상건은 듬직한 캐릭터로 자리를 잡아 향후 활약에 대한 기대감을 더했고, 윤이설도 힘든 미션 중에서도 웃음을 잃지 않는 표정으로 마을 어른들의 귀여움을 독차지했다. 그리고 진큐는 무난했다는 네티즌의 평이 이어졌다.

"무난?"

달인의 조건 2회차 촬영을 위해 출근 중이던 진큐는 어젯밤 첫 회차가 방영된 이후의 기사를 읽으며 울분을 삭여야 했다. 그렇게 열심히 뛰어다녔건만, 고작 기사 한 줄에 언급

되는 것에 그치다니.

"진큐야, 왜 그러는데?"

"암것도 아냐."

옆에서 운전하던 매니저의 물음에 진큐는 씁쓸한 미소를
지었다.

"실망하지 마. 걔 강민호가 원체 괴물이잖냐. 공중파 출
연이라고 실장님이 새 차도 내주고. 우리 진큐도 많이 컸어,
그지?"

눈치를 챈 매니저의 어설픈 위로. 진큐는 그저 어깨를 축
늘어뜨리고 한숨만 푹푹 내쉴 뿐이었다.

이제는 무념무상, 해탈의 경지에 이를 지경이었다. 강민호
를 이기는 게 아니라 그 밑의 예능 초보들과 방송 분량 확보
싸움을 해야 할 처지라니.

지이잉.

혹시 다른 기사에는 언급이 더 됐을까 살펴보는 와중에 휴
대전화가 울렸다.

"어?"

나 PD의 이름이 떠 있었기에 놀란 진큐가 얼른 통화버튼
을 눌렀다.

"PD님. 저 가고 있습니다. 금방 도착해요."

설마 늦었나 싶어 변명부터 하는데, 나 PD에게서 뜻밖의

말이 전해졌다.

"한 명씩이요?"

시작이 기존과 달랐다. 출연진 넷이 각자 따로 입장한다면 원샷으로 화면에 나온다는 소리. 진큐는 기회라고 생각했다.

"형, 속도 조금만 올려. 내가 1번이야."

"1번?"

"뭘 체험한다는데. 암튼 강민호 없이 촬영 시작이야."

민호는 삼성동에 있는 컨벤션홀의 지하 주차장에서 오랜 시간대기 중이었다.

"왜 전 1시간이나 늦게 입장하는 거죠?"

─민호 씨, 이 방송 취지가 뭡니까? 이 시대 청춘에게 새로운 직업관을 제시해 보기 위해 전국각지의 달인을 찾아가 일을 배우는 것 아닙니까?

"그거야 뭐."

애장품 헌터로서 참여 중인 민호에게는 뜨끔한 기획의도였기에 잠자코 고개만 끄덕였다.

─실제로 취업을 준비 중인 일반인, 사회 초년생들의 아픔을 함께 나누는 건 매우 중요한 일이죠.

"그래서 저희가 만날 달인이 누구인 건가요? 취업준비생을 위한 거라면, 전에 말했던 직업상담학 교수님? 대기업 인사지원 팀장님?"

─아, 일단 기다려 보세요. 끊습니다~

민호는 이것이 나 PD의 전형적인 수법임을 직감했다. 멋모르고 고개만 끄덕이다간 그대로 휘말리고 마는 사기꾼 입담. 청춘일지를 촬영하는 오소라가 이것에 얼마나 많은 아픔을 감내해야 했던가.

그래도 예능적인 재미를 기획하는 측면에서 나 PD의 능력을 신뢰하는 민호였기에 군말 없이 따르기로 했다. 문제는 자신이 아닌 차례대로 먼저 입장한 이상건과 윤이설이었다.

"많이 멘붕하지 말아야 하는데."

지난번도 미션 한다고 빳빳이 굳어서 자꾸 넘어지던 윤이설이 걱정이었다. 민호의 중얼거림에 운전석에 앉아 있던 공 매니저가 밝게 웃으며 말했다.

"괜찮을 겁니다. 어제 방송 보니 두 분 상당히 선전하시더군요. 신선한 맛도 있고. 나 PD님도 그 부분을 잘 집어서 편집하셨습니다."

"저도 봤어요, 형. 윤이설 씨 농학박사님 밭에서 퇴비 나르다 자꾸 넘어지는 거 정말 귀엽더라고요. 쓰러졌다가 일어나면서 계속 웃는데 보는 입장에선 심장어택이었어요."

"그래?"

김 코디의 칭찬에 민호는 바로 휴대폰을 들어 시청자 반응을 살폈다. 확실히 기사와 댓글 반응이 호의적이었다.

똑똑.

밴의 창밖에서 민호를 안내하기 위해 온 제작 스태프가 문을 두드렸다. 드디어 민호의 입장 차례가 왔다.

"민호 씨, 오늘 촬영도 힘내십시오!"

준비를 마치고 밴에서 내린 민호는 스태프들과 함께 지하 엘리베이터에 들어섰다. 그리고 촬영을 시작한 VJ의 카메라와 눈을 마주친 채 물었다.

"PD님이 오늘은 어떤 함정카드를 준비하셨을까요?"

VJ는 모르겠다고 카메라를 흔들었다. 옆에 서 있던 김미영 작가에게 시선을 돌려 같은 질문을 하자, 그녀는 입을 가리고 웃으며 발뺌했다.

"함정이라니요. 저희가 민호 씨 격하게 아끼는 거 잘 아시면서."

"얼마나 아끼는지는 시간 지나면 알 수 있겠죠."

"오호호~"

음흉한 나 PD의 하수인들답게 대응이 참 매끄럽다.

딩동.

5층에서 멈춰선 엘리베이터의 문이 열렸다. 어두컴컴한 복도 저편에서부터 불이 하나 둘 밝혀지기 시작했다.

'공포체험?'

그렇게 착각하기도 잠시. 민호는 복도 벽면을 가득 메우고 있는 사진을 보고 어리둥절한 표정이 됐다. 2주 전, 달인의 조건 촬영 장소에 서 있는 자신의 모습이 고스란히 걸려 있었다.

애장품을 활용하며 만족스러운 웃음을 짓고 있는 얼굴. 죄다 그런 사진뿐이었기에 계속 감상하며 걷다 보니 민호는 그날의 행복감이 떠올라 그도 모르게 미소를 그렸다.

"강당으로 가시면 됩니다."

김 작가의 말에 민호는 헬륨가스가 든 풍선이 둥둥 떠다니는 문 앞에 섰다. '이상한 나라'의 입구에 도착한 것만 같은 아기자기한 장식이었다. 안쪽에선 감미로운 음악까지 흘러나오고 있었다.

문을 연 민호는 입구를 가로막은 대형 플래카드에 '웰컴, 강민호!'라는 글귀가 쓰여 있는 것을 보고 살짝 놀랐다.

'깜짝 이벤트?'

플래카드가 천장으로 말려 올라가며, 뒤편에 대기 중이던 십여 명의 인원이 환호하며 민호 앞을 둘러쌌다.

"사랑합니다, 강민호!"

"언제나 최고였어요!"

"지금처럼만 파이팅해 주세요!"

짝짝짝.

"뭐죠 이게?"

당황한 민호가 물음에도 사람들은 '강민호'를 연호하며 박수만 칠 뿐이었다. 난데없이 꽃다발과 환호를 받다 보니 이유는 몰라도 나쁘지 않은 기분이 들었다.

'함정을 파고 있을 줄 알았더니만, 이 무슨 훈훈한…….'

옆에서 쉴 틈 없이 응원하며 기운을 북돋아 주던 사람들이 썰물처럼 빠져나갔다. 민호는 마지막으로 서 있는 나 PD와 마주했다.

"어땠어요, 민호 씨?"

"이거요?"

민호는 꽃다발을 들어 보인 뒤에 카메라를 향해 솔직한 소감을 밝혔다.

"축하해 주니까 기분 좋았어요."

"바로 그겁니다."

나 PD의 뒤편에 있는 모니터로 입장했던 이들의 영상이 흘러나왔다.

표정은 담담하지만, 입가에 웃음기가 머문 자신. 송구스럽다는 얼굴로 연방 감사하다는 말을 내뱉는 이상건. 활짝 웃고 있으나 축하해 주는 사람들 틈에서 부끄러워 얼굴을 잘 들지 못하는 윤이설. 그리고 진큐는…….

'뭐야, 울어?'

꽃다발을 내미는 사람들을 보고 감격해서 울먹이는 진큐의 표정은 리얼 그 자체였다. 영상을 전부 본 민호에게 나 PD가 말을 이었다.

"민호 씨도 느끼셨죠? 이것이 이벤트의 힘입니다. 남을 위로해 주고 마음을 보듬어 줄 수 있는 이벤트를 기획하고 실천하는 사람. 오늘 민호 씨가 만나실 달인은 바로, 파티 플래너입니다."

나 PD의 소개에 민호는 강당 바로 앞에 이미 자리를 잡고 있는 출연진과 이벤트용 소품을 옮기는 중인 스태프들을 지켜보았다.

"오늘 미션이 뭐기에 이렇게 시작부터 요란한 거죠?"

"별거 없어요. 그냥 들어오면서 느꼈던 그 기쁨을 사전 인터뷰에서 선정한 일반인에게 전달해 주시면 됩니다."

"아하, 여기서 잘 배워서 이벤트를 해주라 이거죠? '다른 거' 없이."

"그럼요~ 저희 제작진은 전폭적인 지원을 아끼지 않을 겁니다. 나머지 분들께도 잘 전달해 주세요."

당연하게도 꿍꿍이가 있어 보이는 대답을 하는 나 PD. 민호는 나 PD의 심중을 의심하다가, 막 강당의 탁자 위에 올라온 물건을 보고 회심의 미소를 지었다.

"파티 플래너라는 분, 엄청 대단하신가 봐요?"

"그럼요. 설마 보통 사람을 초대했겠어요? 장석재 선생님이라고 원래 무대공연 연출하시던 분인데……."

"좋아요, 그럼. 미션이야 뭐 매번 하는 거니까."

"……네?"

"저도 힘내고 PD님도 힘내서. 파이팅!"

미심쩍어하던 민호가 갑자기 나 PD를 응원하며 강당으로 향했다.

의심을 하다 말고 콧노래를 부르며 걸어가는 달인의 조건 간판 출연자를 지켜보던 나 PD와 김 작가. 그들은 '민호 씨 왜 저래?', '야심차게 준비한 미션이 또……', '에이, 설마?' 하는 시선을 주고받았다.

초, 풍선, 액자, 각종 이벤트용 코스튬이 탁자에 올라와 있는 가운데, 민호의 시선은 귀여운 곰 형상의 탈에 꽂혔다.

"애장품을 들고 계신 귀한 분이 오셨어."

민호의 기분은 시작부터 저 하늘 높이 날아올랐다.

'이 맛에 이 프로그램 한다니까~'

강당의 맨 앞자리. 민호가 옆에 앉자 진큐가 시선을 돌렸다.

"왔냐."

"진큐야. 너 울었다며?"

"무슨! 그냥 피곤해서 하품 좀 한 거야. 어제가 불금이었잖냐. 클럽 물이 아주 좋았거덩. 아, 이설 씨 오해 마. 나 춤만 추러 가는 거니까."

"눈이 부었는데?"

"야, 그 정도는 아니지. 조금밖에 안 울었거든?"

발끈해서 대답하던 진큐는 그도 모르게 시인했음을 깨닫고 고개를 푹 숙였다. 그리고 핀 마이크에 대고 차마 입에 올리지 못할 말을 했다.

"PD님. 제발 편집 부탁드립니다."

분량을 걱정해도 모자를 판에 편집 부탁이라니. 그러나 간절해 보이는 진큐에게 민호의 무심한 음성이 날아들었다.

"안 될걸? 나 들어 올 때 이미 다 나왔어."

"저도 진큐 오빠 것 봤어요."

"나도."

윤이설과 이상건이 덧붙였다. 가장 마음 약한 순서대로 들어오게 했다는 나 PD의 의중을 알 리 없는 진큐가 투덜거렸다.

"댄장. '진큐 형, 강민호보다 멋져요' 하는데 훅 당해 버렸어. 완전 내 위주 방송된 줄 알고 잔뜩 기대했다고."

"긴장 풀지 마. 오늘 미션 쉽지 않을 거 같아."

"뭔데?"

이 물음에 윤이설과 이상건도 궁금한지 고개를 돌렸다.

"여기서 이벤트 기술을 배우고, 제작진이 선정한 일반인에게 그걸 해줄 건가 봐."

"우리가? 막 헤어지기 직전 커플이라거나, 기구한 사연 있는 사람 아니야?"

"대신 지원은 빵빵하게 해준다고……."

대답하던 민호는 강당의 무대 위로 올라서고 있는 중년 신사에 시선을 던졌다. '드디어 오셨어!' 하는 눈길이 된 민호를 따라 다른 이들도 무대로 고개가 돌아갔다.

멋들어진 턱수염을 기른 그는 출연진들을 한차례 훑어보더니 점잖은 목소리로 말했다.

"저는 장석재라고 합니다. 오늘 여러분이 진행할 이벤트 진행을 도와줄 연출자죠."

"환영합니다!"

민호가 벌떡 일어나 손뼉을 쳤다. 강당 입구에서 환호해 준 이벤트 도우미들은 저리 가라 할 정도로 활기찬 외침에 장석재가 웃으며 엄지를 들었다.

"사람은 기대하지 못한 기쁨을 얻었을 때 자기도 모르게 웃게 돼요. 저희가 하는 일이 결국 이것이거든요. 여기 이분은 자세가 아주 훌륭하네요. 고맙습니다."

시작부터 강민호 칭찬. 옆에서 미간을 짓누르던 진큐는 기왕 울면서 스타트를 끊어 망해 버린 거, 오늘 강민호보다 딱 한발만 더 나가기로 결심하고 벌떡 일어섰다.

"저는 더더더 환영합니다, 장석재 선생니임!"

'더' 부근에 쿵, 하고 리듬감까지 입혀 목소리를 내뱉자 장석재가 "훌륭해요" 하고 쌍엄지를 들어 보였다.

주목은 확실히 받았지만, 무척 창피해 진큐는 속으로 씁쓸히 웃었다. 랩할 때도 이런 마음가짐으로 임했으면 힙합계 전설이 됐을지 모른다.

'에휴.'

오전 내내 이어진 파티 플래너의 강의는 3단계로 진행됐다.

분위기를 연출하기 위한 장식 디자인과 소품 구성법, 행사의 특성에 따른 기획, 이벤트의 원만한 진행을 위한 간단한 레크리에이션 기술까지.

출연진 모두 충실히 듣고 열심히 메모했다. 그렇게 12시가 되어 점심시간이 찾아왔다.

"다들 열의가 대단들 하십니다. 오후에는 바로 실습을 들어갈 테니까 오전처럼 지루하진 않을 겁니다."

"네, 선생님!"

그 와중에 진큐의 목소리가 가장 우렁찼다.

스태프들이 무대 정리를 하는 사이, 눈치를 살피고 있던 민호가 장석재 앞으로 다가섰다.

"저, 장 선생님."

"네?"

"저 소품 잠깐 만져보면서 연습해도 될까요?"

"그럼요. 트레이닝 하라고 꺼내 놓은걸요."

"감사합니다!"

허락을 받자마자 신나서 달려가는 민호를 장석재는 흐뭇하게 바라보고 밖으로 나갔다.

민호는 테이블로 다가가 아까부터 탐을 내고 있던 곰 형상의 탈 앞에 섰다.

낡은 실털이 오밀조밀 붙은 얼굴에 검은 단추로 장식된 눈. 만화 속 캐릭터를 형상화한 듯한 인형탈 애장품이었다.

"민호야, 밥 먹으러 안 가?"

"이설이랑 먼저 가요. 전 나중에 따로 먹을게요."

온 신경이 애장품에 쏠린 터라 중얼거리듯 대답한 민호는 이내 곰탈에 손을 댔다. 빛이 사라지고, 애장품의 추억이 민호의 눈에 들어왔다.

알록달록한 동화풍 건물로 들어찬 거리 한가운데 서 있는 한 노란 곰돌이. 옆을 지나치는 사람들이 죄다 외국인이었기에 민호는 저곳이 한국에 있는 놀이동산은 아님을 알았다.

―푸우다!

―푸우, 안녕!

곰돌이는 다가온 아이들을 향해 꿀단지 속에서 사탕을 꺼내 내밀었다.

─꿀 주는 거야?

아이가 고맙다고 뺨에 뽀뽀하자 곰돌이는 부끄러운지 두툼한 손으로 눈을 가리고 머리를 흔들었다. 곰돌이의 모습을 보고 까르르 웃으며 행복해하는 아이들. 지켜보던 민호도 함께 미소를 지었다.

그렇게 추억의 장면이 사라지며, 곰돌이의 실털도 세월의 흐름을 따라 노란색에서 물이 빠진 색으로 변했다.

'능력은 뭘까?'

민호는 무대 아래 휴식을 준비 중인 촬영스태프들에게 시선이 머물렀다.

출연자들보다 항상 먼저 와서 준비하고, 더 늦게 떠나는 그들. 점심도 한 번에 먹지 못하고 교대로 먹으며 오후의 촬영을 준비하고 있는 모습에 뭔가 응원을 하고 싶다는 생각이 샘솟았다.

꼬르륵거리는 배를 쓰다듬고 있는 조명스태프에게는 레스토랑 정찬과 통기타 라이브를, 꾸벅꾸벅 졸고 있는 음향스태프에게는 화려한 선상파티를, 묘한 눈길을 주고받고 있는 막내 작가와 FD에게는 소극장 프러포즈 이벤트를.

'모두가 행복해졌으면 하는 눈이 달린 느낌인 건가?'

위로의 시야로 사람들을 살피는 장석재의 관점이 어느 순간 민호의 가슴도 따뜻하게 만들었다. 애장품의 가능성을 지닌 이들이 어서 재능을 꽃피웠으면 하는 마음과도 일맥상통한다는 생각이 들었다.

"좋아, 본격적으로 활용해 볼까?"

주섬주섬, 민호는 곰돌이 푸우의 나머지 복장을 갖춰 입으며 변신하기 시작했다.

나 PD는 강당 후미의 컨트롤룸에서 오전 촬영분을 모니터링하던 중이었다. 조연출이자 후배, 최석필이 컨트롤룸 문을 열고 들어왔다.

"공부만 하는 장면에서 건질 게 있어요?"

"여기 보여?"

화면을 멈춘 나 PD가 윤이설과 이상건을 가리켰다.

"이 둘은 방송이 서툴러서 그냥 열심히 하는 것만으로도 부담 없는 그림이 나와. 담백해서 보는 데 지장이 없는. 장담하는데 여기에 캐릭터만 좀 살리면 확 뜰 거다."

"선배. 담백함도 좋고 알싸함도 좋은데, 저희 점심부터 먹고 합시다."

"그럴까?"

조연출과 밖으로 나온 나 PD는 무대 위로 시선을 돌렸다가 눈이 커졌다.

"민호 씨 점심 먹으러 안 갔어?"

민호의 담당 작가 김미영이 나 PD에게 다가와 보고했다.

"30분째 저러고 계세요. 이따가 이설 씨 가르쳐 준다고."

펌프로 풍선에 바람을 넣어 갖가지 동물을 만들어 내고 있는 민호. 곰탈을 눌러쓴 채로 그것을 하고 있었기에 인형다운 귀여운 동작처럼 보였다. 뭐가 그리 재밌는지 VJ 앞에서 혼자 박장대소까지 한다.

스마트가이로 이름난 완벽의 대명사가 스스로 곰돌이가 되어버린 이 상황에 나 PD는 '살신성인'의 자세가 무엇인지 새삼 깨달은 표정이 됐다.

"석필아. 우리 프로 대박 날 거야."

"이미 대박 난 거 아니었습니까?"

"파일럿 반응이 괜찮긴 했지만 걱정했거든. 민호 씨가 워낙 허점 없는 바른생활 사나이라. 사람들은 완벽한 것보다 완벽한 사람이 허당스러운 매력을 풍길 때 좋아해. 망가지는 걸 두려워하지 않는 예능인이 그래서 무서워."

조연출은 예능계의 마이더스 손이라 불리는 선배의 금쪽 같은 조언을 새겨들으며 민호 쪽을 돌아보았다.

"저렇게 열심인데 저녁에 이벤트할 대상을 확인하면 실망하겠는걸요? 제 친구 놈이 진짜 무뚝뚝하거든요."

"어쩌면 우리가 원한 그림보다 더 잘 나올 수도 있어."

"에이, 그 불쌍한 녀석을 웃기는 게 쉬울 리가……."

나 PD가 입가에 손가락을 올린 채 '쉿' 하고 조용하라는
표시를 해 보였다.

식당에서 밥을 먹고 돌아온 진큐가 강당에 들어섰다. 그리
고 무대 위에서 뒤뚱뒤뚱, 풍선을 들고 연습 중인 민호를 보
더니 화들짝 놀라 달려갔다.

"민호 너어! 쉴 때 그러는 건 반칙이지!"

이윽고, 곰탈을 쓴 민호 옆으로 호랑이탈을 쓴 인형이 합
류해 허우적거리는 각기 댄스를 선보이기 시작했다.

"하핫! 어떠냐! 이 정도는 해줘야 이벤트…… 야! 귀여운
척 엉덩이 씰룩이지 말라고!"

밖으로 나가려던 나 PD와 스태프들은 멍하니 그 장면을
지켜보았다.

"선배. 진큐 씨도 엄청 열심이지 않아요?"

"그러게. 지난번은 작위적으로 연출하는 분위기가 짙더니
오늘은 자연스러운 게 다른 출연자랑 케미도 괜찮아."

4시간 후.

모든 연습이 끝나고, 헉헉거리던 진큐는 아직도 생생한 곰
인형, 민호를 보고 고개를 설레설레 흔들었다.

"넌 지치지도 않냐?"

"요새 계속 체력단련을 했더니 괜찮아."

"난 가끔 네가 무섭다."

"너도 운동할래?"

"하고 있거든!"

팔뚝을 들어 보이는 호랑이와 그것을 무심하게 쳐다보는 곰의 대화에 마법사 코스튬을 입고 있던 윤이설이 쿡 웃었다.

무대에는 실습의 결과물이 잔뜩 늘어서 있었다. 풍선으로 아치형 문을 만들고, 바닥은 로맨틱한 촛불 이벤트용 장식이 되어 있는 데다, 출연진들 모두 각자 코스튬을 입고 땀에 흠뻑 젖어 있었다.

"모두 모이세요!"

장석재가 네 사람을 불러 모았다.

"다들 잘 따라와 줘서 고마워요. 연예인들이라 그런지 연출된 상황을 대하는 태도가 남다르네요. 이 정도라면 저는 충분히 이벤트 도우미로 활동할 수 있다고 생각합니다. 합격점을 드리겠습니다."

장석재가 종료를 선언하자 나 PD가 모두에게 외쳤다.

"자, 고생하셨습니다. 30분 뒤에 건물 입구에서 미션 촬영 시작할게요."

카메라 불빛이 꺼지고 스태프들이 이동을 위해 분주히 움직이기 시작했다.

"어후, 난 샤워부터."

호랑이탈을 벗어던진 진큐가 빠른 준비를 위해 건물 끝에 있는 세면장으로 달려갔다.

"상건이 형."

민호는 옆에서 휴식시간에 뭘 할지 몰라 하는 이상건에게 말했다.

"다음 촬영에 산뜻한 느낌으로 카메라 앞에 서려면 휴식시간에 계속 꽃단장을 해야 해요. 진큐처럼."

"꽃단장?"

"김 코디! 상건이 형 좀 안내해 드려."

고개를 돌린 민호는 윤이설의 고깔모자를 벗기며 말했다.

"이설이 너도 가서 씻고 옷부터 갈아입어. 메이크업도 새로 받고."

"오빠는요?"

"나도 정리하고 갈 거야."

본인이 인형인지 인형이 본인인지 모를 정도로 일체가 돼 있는 민호는 아직도 포동포동한 곰탈을 벗고 있지 않았다. 윤이설은 깜찍한 인형 얼굴을 그녀도 모르게 쓰다듬었다.

"아, 착하다 우리 곰돌이. 오빠, 귀여운 거 되게 잘 어울려요."

"이게 대표님한테."

"헤헤."

윤이설에게 배정된 회사의 코디와 메이크업 스태프가 다가왔다.

"저희 야외로 나갈지 모르니 이설이 따뜻하게 입혀 주세요. 이설아 어서 가."

"네, 오빠. 이따 봐요."

민호는 두 사람을 준비시킨 후에야 곰탈을 벗었다. 아쉽지만 돌려줘야 할 시간. 4시간 가까이 활용한 탓에 앞으로 4시간은 여운을 즐길 수 있어 그나마 다행이었다.

곰탈을 옆구리에 낀 민호가 짐을 챙기고 있는 장석재 앞에 섰다.

"이거 잘 썼습니다, 선생님."

"민호 씨도 수고했어요."

장석재가 곰탈을 받아 들고 물었다.

"근데 덥지 않았어요? 종일 끼고 사네."

"이 캐릭터 좋아하거든요. 푸우 맞죠?"

"이렇게 낡았는데 용케 알아보셨네요. 사실 이건 이 사업을 구상하기도 전에 사용했던 거라서 제겐 의미가 커요. 유학 중에 생활비를 벌기 위해 학교 소품실을 털어 자체 제작한 1호 이벤트 소품이거든요."

"자체 제작까지요? 우와."

곰탈을 바라보는 민호의 시선에는 애정이 한가득이었다. 그것을 본 장석재가 웃으며 과거의 추억 하나를 얘기했다.

"……이것만 쓰고 뒤뚱거리면 아이들이 마냥 신났었죠."

"그랬을 것 같아요. 그냥 곰돌이가 아니라 뭔가 정이 느껴지는 모습이라."

남의 사연에 깊게 공감해 주고 이해해 주는 민호의 진정성 어린 태도에 장석재는 적잖게 감탄했다. 저건 이벤트 연출자에게 아주 중요한 마음가짐이었다. 젊은 나이에 어찌 이렇게 안정된 눈빛을 보이는 건지.

장석재는 그 때문인지 민호를 좀 더 도와주고 싶다는 생각이 들었다.

"PD님이 오늘 이벤트 해줄 일반인에 대해서 자문해 오기에 정보를 들었거든요."

스태프들과 장비 정리 중인 나 PD를 흘끔 본 장석재가 민호에게 귓속말을 전했다.

"번번이 시험에 떨어져서 사정이 딱하고. 잘 안 웃는 사람이라고 하더군요."

"잘 안 웃어요?"

뜻하지 않게 정보를 전해 들으며 민호는 나 PD의 음모를 어느 정도 확인할 수 있었다.

"보통 이벤트는 언제든 행복해질 준비가 되어 있는 사람들에게 해주는 걸 기본으로 해요. 닫혀 있는 사람의 마음을 여는 건 훨씬 더 고차원적인 문제니까."

"그럼 어찌해야 할까요?"

"지금 같은 상황에서는 상대의 정보를 파악하는 게 중요하죠. 그 사람을 기분 좋게 할 수 없다면, 최소한 부담스럽거나 기분이 나빠지지 않는 이벤트를 준비해야 하니까."

장석재는 나 PD가 무슨 비밀 얘기를 나누는지 눈치를 채고 올라오는 것 같아 민호에게 눈을 찡긋하고 손을 흔들며 밖으로 나갔다. 민호는 도움을 준 그에게 고개 숙여 감사를 표했다.

"민호 씨."

나 PD가 의심스러운 눈초리로 민호에게 물었다.

"뭐죠, 두 사람? 왜 이렇게 친해 보이죠?"

"언제 제 이벤트 해주실지 모르니까 친하게 지내 둬야죠. 국내 최고 파티 플래너신데. 나 PD님도 친하게 지내 두세요. 결혼기념일 때 예쁨 받으시려면."

대답을 끝낸 민호도 촬영 준비를 위해 강당 밖으로 걸어 나갔다.

"선배님!"

입구에서 촬영을 준비 중이던 나 PD는 조연출이 안색이 변해 달려오는 것을 보고 되물었다.

"왜 석필아?"

나 PD는 순간 강민호가 기상천외한 이벤트라도 계획해 버려 곤란해하는 표정을 한 컷도 못 찍을지 모른다는 불안감에 휩싸였다.

"방금 출연 약속한 친구랑 통화했거든요. 얘가 어제 여자 친구와 대판 싸우고 헤어졌다고……."

"어제?"

"어쩌죠? 아무래도 2안, 3안에 있던 일반인으로 대체해야 하지 않을까요?"

나 PD는 고개를 저었다.

"아니야. 이대로 가. 혹시 실패하면 그때 바꾸고."

조연출의 눈이 휘둥그레졌다.

"네에? 아무리 강민호 씨라도 이런 상황에 있는 녀석 기운을 어떻게 북돋아 주겠어요? 장석재 선생님도 자문할 때 혀를 차시던데."

"돌발 상황은 언제고 있는 거야. 우리도 대비는 해놨잖아. 민호 씨 이벤트만 괜찮으면 이 구도가 베스트라고."

나 PD는 나중에 재촬영을 하더라도 본래 계획대로 밀어붙이기로 했다.

65.
윈터 이즈 커밍 (3)

　오후 5시가 되자 '달인의 조건' 출연자 넷이 컨벤션 센터의 입구에 모여 섰다. FD가 앞으로 나와 슬레이트를 내려치고, 촬영이 본격적으로 재개됐다.

　"기다리시던 미션 시간입니다. 지난번과 마찬가지로 성공하시면 제작진에서 '청년창업기금'을 내고, 실패하시면 출연료에서 제합니다."

　나 PD의 말에 진큐는 올 테면 오라는 듯 호기 있게 말했다.

　"이번 주 기대하세요. 장 선생님이 저희 이벤트 기획 전부 엄청 칭찬하셨거든요."

　"과연, 기대해 볼까요?"

　의미심장한 나 PD의 눈길이 옆에 비치된 모니터를 향

했다.

"미션 후보 화면 보시죠."

처음에 나타난 건 그냥 가만있어도 인상을 쓰는 얼굴이 되는 불독이었다.

"개? 나 PD님!"

"반려동물에게 이벤트 해주는 게 어때서요?"

"개를 어떻게 웃겨요?"

"후보는 하나가 아니니까요."

의사소통이 전혀 안 될 것 같은 아프리카 추장 '짐므와' 씨와 남극 세종기지의 대원들 사진이 차례로 이어졌다.

"현실적인 사람으로 부탁한다고요!"

나 PD의 장난스럽지만 치밀한 예능 기획에 가장 휘둘린 것은 진큐였다.

'속여먹기 딱 좋은 성격.'

민호는 진큐를 보며, 그 덕택에 '더 스마트'에서 우승할 수 있었다는 생각이 들어 미안하면서도 웃음이 나왔다.

그렇게 말도 안 되는 후보가 지나가고, 드디어 멀쩡한 일반인 후보의 얼굴이 나왔다.

─박수철이라고 합니다.

어느 카페에 앉아 인터뷰를 진행하는 화면이었다.

─뭐, 요즘 안 힘든 사람이 어디 있겠어요? 취업 걱정. 생

활비 걱정. 연애할 시간은 없고. 저도 그래요. 하하.

스물 후반쯤 됐을까? 마른 체격에 스포츠머리를 한 청년은 딱 이 시대의 고달픈 청춘 그 자체로 보였다.

발을 동동 구르던 진큐도, 아무것도 모른 채 화면만 보고 있던 이상건과 윤이설도. 이 순간 저 사람이 오늘의 이벤트 대상자로 정해졌다는 건 확실히 깨달을 수 있었다.

"어떻게 후보는 정하셨나요? 불독?"

나 PD의 물음에 출연진들의 리더격인 민호에게 시선이 모였다.

"저분으로 할게요. 박수철 씨."

"알겠습니다."

"저희 어디로 가면 되죠?"

"지금 노량진 편의점에서 알바하고 계시니까 바로 이동하시면 됩니다."

"그럼, 가면서 계획 짤게요."

언제나처럼 자신감을 내비치는 민호를 보며 나 PD는 '절대 쉽지 않을걸요?' 하는 눈빛을 보내면서도 내심으론 색다른 장면을 뽑아주길 기대했다.

1시간 뒤.

"응, 수철아. 지난번 인터뷰 출연료는 방송 나가면 바로 나올 거야. 그나저나 뭐 하고 있어? 알바 끝나고 한잔……
뭐, 뭐라고?"

지휘 차량에 앉아 일반인과 통화 중이던 조연출이 사색이
되어 소리쳤다.

"아, 알바를 그만둬? 아니 손님 없는 시간에 공부 좀 한 게
뭐 어때서? 그 주인 너무하네!"

살다 보면 그런 날이 있다. 이래저래 일진이 사나워서 어
서 내일이 왔으면 싶은. 그러나 하필이면 박수철의 그날이
바로 오늘일 줄이야.

"그, 그래. 진정해 수철아. 나 지금 잠깐 나온 거라. 내가
조금 이따 또 전화할게."

통화를 끝낸 조연출이 고개를 저었다.

"선배, 얘 완전 저기압이에요. 2안으로 가시죠. 아직 시간
도 얼마 안 지났으니. 얘는 나중에 일반인 참여 특집 때 섭외
하면 되고요."

"알바까지 관뒀다고?"

조연출이 목 부근을 손으로 그으며 '짤렸다'는 동작을 해보
였다. 나 PD도 이 말에는 심각해지지 않을 수 없었다.

"그래도 어찌 보면 이게 현실적이야. 요즘 청춘들 다 이
비슷한 고민 안고 살잖아."

"선배, 저희는 예능이잖아요. 목소리만 들어도 암울한

데, 이런 애를 어떻게 카메라에 담아요? 인간극장 찍을 일 있어요?"

일리 있는 조연출의 조언에 나 PD는 김 작가를 콜했다.

-네, PD님.

"어떻게 돼가고 있어?"

-생각보다 착착 진행 중이에요. 민호 씨 요구사항도 되게 현실적이고.

"요구사항?"

-실질적인 도움이 될 만한 선물을 말하네요. 공무원 시험 준비 중이니 강남의 족집게 강사와 단독 과외 정도는 해줘야 한다고.

"그래?"

-지금은 고시원 방이 답답할 테니까 인테리어 바꿔줄 계획을 짜고 있어요. 그분 현재 위치가 어딘지도 물어보네요.

나 PD는 이 말에 고민을 끝냈다.

"그냥 가자."

조연출이 불안한 얼굴로 고개를 저었다.

"잘못되면 다음 주에 또 촬영해야 해요. 민호 씨 스케줄이 꽉 차서 내일은 무리고."

"넌 인마, 책임 프로듀서가 밀고 나가는데 응원은 못할망 정. 원래 주려고 했던 선물 바구니나 잘 챙겨."

꽃

노량진 고시촌의 한 건물에 홀로 들어선 민호는 점자시계를 슥 터치하고 계단을 올라섰다. 대략적인 이벤트 준비는 끝났으나 대상의 위치 파악이 안 되어 잠시 염탐하러 왔다.

민호는 5층으로 오르며 장석재의 애장품이 가진 여운을 갖고 만든 기본적인 계획을 떠올려 보았다.

친구라는 조연출이 술을 핑계로 불러낸다. 거리에서는 윤이설의 공연을 준비 중. 그때 지나가는 사람을 대상으로 이벤트를 벌여 선물을 주는 행사를 진행. 그리고 박수철을 낚아 한 사람만을 위한 위로의 공연을 시작하는 것이다.

민호는 윤이설의 목소리가 가진 힘을 믿었다. 설령 마음을 열진 않더라도, 심심치 않은 위로가 될 것이라는 예상은 충분히 가능했다.

여기에 삶에 도움이 되는 선물까지.

'받는 입장에서 부담스럽지 않은 이벤트.'

위로의 개념은 그리 어려운 문제가 아니었다.

5층에 도착해 복도에 귀를 기울였다.

'없나? 소리가 안 들려.'

옆방에서는 종이에 펜을 긋는 소리가 들려오지만, 박수철의 방 안에서는 인기척이 전혀 없었다. 민호는 그렇게 등을 돌리다 기왕 온 거 인테리어 요청도 제대로 해야겠다 싶어 문 앞에 섰다.

'오랜만에 써보네.'

백팩에서 청진기를 꺼냈다. 문고리에 대고 소리를 들어보니 락픽 하나로 간단히 열 수 있는 구조였다.

찰칵.

1초 만에 해체해 안쪽에 고개를 들이밀었다.

"실례합니다."

한차례 훑은 뒤에 단칸방 안을 꾸밀 계획을 생각하던 민호는 멈칫하고 말았다. 방구석. 아무렇게나 굴러다니는 물건에서 언뜻 은은한 빛을 본 것이다.

그것이 너무 희미해 잘못 보았나 싶어 시력을 돋웠다.

'저거 애장품이었다가 아니게 된 거 맞지?'

때가 잔뜩 묻은 드럼 스틱이었다. 아마도 예전에 사용했던 것이리라.

"음……."

─취업 걱정. 생활비 걱정. 연애할 시간은 없고. 저도 그래요, 하하.

박수철의 인터뷰 장면이 떠오르자 민호의 머릿속으로 조금 색다른 계획이 번뜩였다.

오후 8시.

"오고 있어요!"

노량진 수산시장 옆쪽의 간이 무대 위에서 악기를 세팅 중이던 달인의 조건 출연진들은 김미영 작가의 말에 재빨리 포지션을 잡았다.

"진큐야."

드럼에 앉아 반주를 준비 중이던 진큐에게 사회 역할을 맡은 민호가 다가왔다.

"너 사회 좀 봐라."

"갑자기 왜?"

"내가 드럼 연주자 하나 섭외해 올 테니까, 그냥 진짜 행사한다 생각하고 진행해 줘."

"야, 어디 가? 카메라 돌고 있다고!"

민호는 무대에서 내려와 멀찌감치에서 조연출과 함께 걸어오는 박수철에게 시선이 머물렀다.

애장품이 될 만큼 열심히 쳤던 드럼을 포기한 이유야 간단했다. 먹고사는 문제에 부딪혔다는 것.

애장품이 되기 위해 한 물건에 얼마만큼의 애정을 쏟아 부어야 하는지를 아는 민호로서는 조금이라도 도움이 되고 싶은 마음뿐이었다.

이것이 예능이라는 사실도, 이벤트를 멋들어지게 끝내서

스태프들의 박수를 받는 것도 애장품을 향한 민호의 열정을 방해하진 못했다.

민호가 갑자기 다가서자 조연출이 놀라서 '뭐하세요?'라는 눈빛을 보냈다. 민호는 지갑에서 명함 하나를 꺼냈다. 공 매니저가 만들어서 지니고 다녔던 것이나 이럴 때 쓸 줄은 몰랐다.

명함을 내밀며, 민호는 점잖은 목소리로 말했다.

"스타피스 대표 강민호라고 합니다. 박수철 씨 오디션 좀 보려고 하는데요."

"오디션이요?"

"여기 친구분……"

민호는 조연출의 이름을 떠올리고 곧바로 말했다.

"최석필 씨가 신청해 주셨거든요. 저희 레이블이 소규모라 개인적인 친분으로만 오디션을 봐요."

이 말에 조연출 최석필이 당황하면서도 고개를 끄덕였다.

"맞아. 수철이 너 윤이설 알지? 노래 좋다고 했잖아. 거기 대표님이야."

"오디션 생각 있으신가요? 드럼 상당히 잘 치시는 걸로 들었거든요."

민호는 드럼 얘기를 꺼내자 박수철의 무뚝뚝한 눈빛이 달라졌다는 것을 감지했다.

'역시.'

아직 애장품에 어린 빛이 사라진 것은 아니었기에 드럼을 생각하는 마음도 것도 완벽히 사라진 것이라 할 수 없었다.

"어때요, 저 무대."

"어라?"

윤이설과 이상건이 기타를 들고 서 있는 광경을 목격한 박수철이 놀란 기색을 보였다. 민호는 박수철의 마음을 동하게 하려고 계속해서 설득을 시도했다.

"윤이설 양 곡이 미디움 템포 위주라 8비트로 적당히 커버만 해도 됩니다. 나머지는 반주 전담 이상건 씨가 알아서 따라와 줄 거예요."

"그래도 저는……."

"뭐 어때요? 설령 실패한다 해도, 좋아하는 드럼으로 프로들과 연주해 볼 기회는 흔치 않죠."

좋아하는 드럼.

이 말이 박수철의 마음을 움직였다.

"폐가 안 된다면 해볼게요."

박수철은 온종일 우울했던 기분을 드럼을 치는 것으로 날려 보낼 수 있다는 생각에 고개를 끄덕였다.

"노량진 수산 시장에서 펼쳐지는 QBS 게릴라 공연. 오늘

사회를 맡은…….”

진큐는 드럼에 앉은 청년을 보고 눈이 휘둥그레졌다. 무대 아래에 서 있던 민호가 “계속해!”라고 소리치자 그제야 말을 이었다.

“진큐라고 합니다. 래퍼인 거 아시죠? 첫 곡은 이 밤을 달래줄 아리따운 아가씨. 윤이설 양의 ‘반짝이는 별’입니다. 박수로 청해 들으시죠!”

이미 공연 준비를 할 때부터 윤이설을 알아보고 몰려들었던 사람들이 환호했다.

윤이설도 드럼에 앉은 박수철을 보고 경직됐다가 민호가 “이설아!”라고 외치는 바람에 가까스로 타이밍을 잃지 않고 반주에 허밍을 실었다.

미심쩍은 시선을 한 몸에 받고 있는 박수철은 고개를 까닥이다 부드럽게 박자를 타고 스네어를 통통 쳤다. 상당히 안정적인 비트에 기타로 메인 반주하며 걱정하던 이상건이 히죽 웃으며 고개를 끄덕였다.

무대 위의 사람들이 이렇게 놀랄진대, 카메라를 곳곳에 숨겨두고 촬영 중이던 달인의 조건 제작진의 반응은 경악에 가까웠다.

─김 작가. 계획이 이거였으면 말 해줘야지.

─그게요, 저도 몰랐어요.

―우리 민호 씨가 또…….

―이건 제작진을 향한 깜짝 이벤트기도 하네요, 하하.

곳곳에서 무전으로 대화하던 제작진들은 윤이설의 노래가 밤하늘에 울려 퍼지며 박수철의 얼굴에도 조금씩 미소가 감돌자 일단 촬영에 집중하기 시작했다.

공연이 끝난 직후, 민호는 무대 뒤로 걸어 나간 박수철을 찾아 움직였다. 사람들 틈에 섞인 것 같아 점자시계를 터치해 두리번거리다 이내 그의 목소리를 찾았다.

'전화 중인가?'

그를 발견한 민호는 당장 다가가지 못하고 지켜만 보았다.

"네, 어머니. 공부 열심히 하고 있죠. 내년만 노력해 볼게요."

―아들, 너무 무리해서 공부하지 마. 몸 상해.

―아 거! 공부하러 서울 올라간 녀석한테 무슨 소리여!

―당신은 가만히 좀 있어봐요. 무식하게 책만 본다고 단줄 아나.

"싸우지들 마세요. 그러지 않아도 기분 전환 겸 오늘 쉬고 있어요. 저 TV에도 잠깐 나올 것 같아요."

―잘했네, 잘했어. 엄마가 꼭 볼게.

―여편네가 쓸데없는 소리만 늘어놓고 있어. 전화비 많이 나와. 이리 내봐. 수철아.

"네, 아부지."

―이장 놈이 아들내미가 군청에 다닌다고 유세지만 아버지는 하나도 안 부럽다. 9급 공무원이 뭐 대단한 거라고. 누가 보면 대통령 애비인 줄 알겄어. 그래 봐야 내가 내는 세금으로 월급 받음서. 암튼 너는 아무 걱정 말어. 아비랑 같이 배추농사를 지으면 힘은 쪼깨 들어도 더 잘 벌 수 있어.

"잘 알죠. 그래도 내년까지 해서 안 되면 내려가서 농사 도우면서 할게요."

―네가 날 닮아서 머리가 좋으니 수 계산은 확실할 거여.

―뭔 소리여요. 당신 닮았으면 돌이지.

―아이, 여편네가! 수철아. 그러니까 우는소리 말고 될 때까지 해. 일 년은 무슨. TV 보니까 서른 넘어서도 다 공부하고 그러드만.

"아부지……."

―용돈 떨어지면 제때제때 말혀. 알바 같은 거 힘들게 하지 말고. 이번 배추 가격 잘 받았으니께.

"괜찮아요. 여기 밥값 싸서 잘 먹고 있어요."

―촌놈이라고 기죽지 말고.

"네, 아부지. 그리고 전 7급 꼭 붙을 겁니다. 이장님 아들 같은 거 쨉 안 되게."

―그럼, 누구 아들인데!

전화를 끊은 박수철은 소매로 눈가로 훔쳤다.

"갑자기 전화하셔서, 꿀꿀하게."

기분을 잡쳤다는 박수철의 표정은 그럼에도 무언가 후련해 보였다. 그 순간 민호는 어렴풋이 느꼈다. 레이블에 악기 스태프로 들어오라고 제안을 한다 해도 거절당하리란 것을.

"박수철 씨."

"아, 감사했습니다. 오래간만에 실컷 즐겼네요."

"실력 상당하시던데요? 저희 레이블에 세션맨으로 활동하실 생각 있으신가요?"

"죄송합니다. 약속한 게 있어서요."

대답은 예상대로였다.

"생각 있으면 언제든 그 번호로 연락해요. 아, 그리고 방송국에서 수철 씨 선물로 강남 족집게 과외 강사님을 초빙했거든요. 아마 최석필 조연출님 통해 연락 갈 거예요."

"저, 정말요?"

레이블 제안보다 훨씬 좋아하는 박수철의 모습. 민호는 반대로 기분이 꿀꿀해졌다.

"말씀 정말 감사합니다."

민호는 등을 돌려 떠나는 박수철의 등을 물끄러미 바라보았다.

'오늘 이것저것 많이 배우네.'

사람은 누구나 자기만의 재능을 갖고 태어난다. 어떤 사람은 윤이설처럼 그 재능을 꽃피우고. 어떤 사람은 오소라처럼 재능이 무엇인지도 모른 채 평생을 산다.

그리고…….

대부분의 사람은 박수철처럼 재능을 알면서도 다른 일을 하며 살아간다. 먹고살기 위해. 가족 때문에. 이유는 많아도 결론은 하나였다.

민호는 세상에 애장품이 흘러넘치지 않는 이유를 눈앞에서 확인하고 안타까운 표정이 됐다.

노량진 근처 호프집.

곳곳에서 와자지껄 떠들며 잔을 부딪치는 소리가 들려왔다. 촬영이 끝난 뒤 가볍게 회포를 푸는 이 시간은 출연진도 스태프도 한마음이 되어 노래를 부르는 즐거운 한때이기도 했다.

사람들을 지켜보던 민호의 입가에 담담한 미소가 스쳤다.

'의미는 있는 하루였지?'

애장품을 충실히 활용한 날만큼 보람찬 날이 또 있을까?

민호는 안쪽에서 맥주잔을 높게 치켜들고, 스태프들과 '위하여!'를 외치고 있는 진큐를 흘끔 보고 옆에서 맥주를 맛있게 홀짝거리고 있는 윤이설에게 고개를 돌렸다.

"천천히 마셔. 술도 잘 못하면서."

"네에 대표님~"

어째 발음에 운율이 들어간 느낌에 의아해하던 민호는 윤이설이 이미 잔을 비우고 새 잔을 들고 있다는 것을 파악하고 놀란 눈을 깜박였다.

"이설아. 너 괜찮아?"

"괜찮아요, 괜찮아."

"술 취했어?"

"왜요, 왜요오~"

"왜 대답을 자꾸 두 번 해?"

"그러엄~ 한 번만 할게요."

검지를 하나 편 채로 고개를 기우뚱하는 윤이설. 민호는 그런 그녀의 머리를 한 손으로 받치며 말했다.

"너도 나처럼 술은 극약이구나."

"헤에~ 극약이 뭐예요?"

"적당히 먹으라고."

두 눈을 반짝이며 민호를 바라보던 윤이설이 콩닥거리는 가슴에 손을 올렸다.

"저는요, 대표님이 하는 얘기는 다 지켜요."

"다 안 지켜도 돼."

"싫어요!"

"얘가 갑자기 왜 이래……."

윤이설이 버림받은 강아지처럼 눈물까지 글썽일 기세로 올려다보자 민호는 그 치명적인 귀여움에 신음을 삼켜야 했다.

"뚝."

윤이설이 고개를 좌우로 흔들었다. 그리고 손에 쥔 잔을 꼭 움켜쥐었다.

"혹시 내가 술 먹지 말라고 해서 그래?"

"몰라요!"

"그거까지만 마셔. 그리고 지켜지켜. 다 지켜."

민호는 졌다는 표정으로 잔을 가리켰다. 윤이설은 금방 표정이 환해졌다.

"역시 우리 대표님이 최고!"

뭐가 최고인지는 모르겠으나 술을 입에 담은 그녀의 말투가 너무 깜찍한 통에 아무 생각도 나지 않았다.

"민호야."

다른 테이블에 있던 이상건이 민호의 앞에 앉았다.

"상건 오빠아. 짠~"

"오빠?"

평소 선배님이라고 깍듯이 호칭하던 윤이설이 애교가 가득한 목소리로 '짠'을 외치자 이상건도 방금 민호가 지은 표정과 똑같아졌다.

"얘 그것만 마시게 해야겠다."

"안 그래도 대표님이 그렇게 시켰거든요~"

"그래, 그래. 우리 이설이 착하네."

"흐흐~"

일부로 둘만 남겨두고 다른 테이블에 있었던 이상건은 윤이설을 보며 굳이 뭔가 수를 쓰지 않아도 충분히 매력을 어필하고 있다는 생각이 들었다. 그러나 정작 민호가 술 한 방울 입에 대고 있지 않아 진전이 없음을 깨닫고 조심스레 작업을 시도했다.

"민호야. 오늘 촬영 잘된 것 같다고 예능국 CP님이 좋아하시던데? 2차도 쏘시겠다고. 너도 같이 갈 거지?"

"저 2차는 참여 못 해요. 바로 공항에 가봐야 해서. 비수기라 주말에 뜨는 비행편은 이거 하나거든요."

"그래?"

이상건은 윤이설을 도와주려던 계획이 수포로 돌아가는 것에 한숨을 쉴 수밖에 없었다. 지진이라도 나 민호가 출국하지 못할 상황이 생길 것이 아니라면 기회는 다음으로 미뤄야 할 판이었다.

그렇게 고심하던 때.

"눈이다~"

윤이설이 벌떡 일어나 밖을 가리켰다.

호프집의 창밖으로 새하얀 가루가 펄펄 떨어져 내렸다. 윤이설이 쌩하니 달려 나가자 이상건이 민호에게 말했다.

"쟤 잡아라. 눈만 보면 환장하는 크레이지걸 같잖아."

"체포해서 집에 데려다 주고 저도 슬슬 가봐야겠네요. 형은요?"

"난 좀만 더 있다 갈게."

"귀국한 다음에 봐요, 형."

"잘 가."

민호가 테이블 옆에 있던 기타를 메고 윤이설의 뒤를 따라 밖으로 나갔다. 이상건은 맥주를 한 모금 넘기며 의외로 하늘이 분위기를 띄워 주고 있을지도 모른다는 생각에 피식 웃었다. 눈이 오는 것으로 비행이 취소될 리는 없지만 말이다.

"이설아 힘내라. 성공하든 실패하든, 민호 같은 사람과의 경험은 두고두고 네 음악에 좋은 양분이 될 거야."

"눈이 오니까~ 겨울이니까~"

자신이 작곡한 곡을 흥얼거리며 거리를 걷는 윤이설. 그녀의 뒤를 따르던 민호는 기타 케이스 앞주머니에 불룩하게 나와 있는 하모니카를 오랜만에 손에 쥐었다. 그렇게 윤이설의 허밍에 맞춰 연주하려다 멈칫했다.

"대표님. 이거 첫눈인 거 알아요?"

찬바람을 쐐 술이 좀 깬 얼굴이 된 윤이설이 등을 돌려 민호를 바라보았다.

"첫눈을 함께 맞으며 걸으면 절대 안 헤어진다던데…….
그렇다고 저희가 뭐, 그런 사이는 아니지만요. 헤헤."

부끄러워 고개를 숙이다가 민호가 자리에 우뚝 멈춰 아무 말도 하지 않는 것을 보고 '응?' 하고 다가섰다.

"왜요, 오빠? 추워요?"

"이설아……."

민호는 하모니카를 보며 믿기지 않는다는 표정이 됐다.

"너 이 노래. 캐롤용이 아니었어?"

"……."

윤이설은 술이 확 깨어 민호를 바라봤다.

"맞구나."

"그걸 어떻게…… 상건 선배님이 말씀하셨어요?"

"그런 건 아니고. 원곡이랑 다른 편곡을 해버려서 미안해."

"아니에요."

"……미안해."

무엇에 대한 사과일까?

윤이설은 까만 밤하늘에 잔뜩 떨어지는 얼음송이를 올

려다보았다. 뺨에 닿은 얼음송이가 스르르 녹아 떨어져 내
렸다.

단지 사과를 들었을 뿐인데 왜 눈물이 나는 건지 모를 일
이다. 술에 취해서 그런가? 고개를 도리도리 흔든 윤이설이
씩씩하게 외쳤다.

"대표님, 그래도 우리 노래가 타이틀곡이 된 거잖아요. 저
는 괜찮아요. 지금 행복한걸요."

윤이설이 '겨울이 와요'를 시작했다. 주차장으로 향하는
길 위에 작은 음악회가 열렸다.

[러브 이즈 커밍 / 작사, 작곡 : 윤이설]

(후렴)

가끔은 기회가 오면 뒤를 보지 말고 붙잡아요. 그 사람의 마음에 발자국을
남기게.

사랑하기 위해 사람을 만나지 말고, 사랑하고 싶은 사람을 만나 사랑을 전
하라는 얘기를 해줄게요.

기회를 놓치는 일 없도록.

사랑이 오니까. 사랑하니까.

나와 같은 곳을 바라보지 않는다고 슬퍼 말아요.

......

'이 애장품도 주인을 따라 변한 걸까?'

민호는 하모니카를 붙잡음과 동시에 변형되어 들려온 윤이설의 가사에 아무 말 못 하고 그녀를 지켜보았다.

"누군가를 좋아하는 마음은 자유인 거잖아요. 그러다 마침내 그 누군가가 고백을 해온다면 끝까지 침착하게 들어주겠어요. 그리고 제 속에 있는 진심을 얘기하겠죠."

진심을 얘기하는 것은 조금 미뤄두어도 괜찮지 않을까 하는 생각이 들었다.

이런 날, 이런 분위기에 아픔은 어울리지 않으니까.

인천항 컨테이너 터미널.

한번 내리기 시작한 첫눈은 밤사이 끊이지 않았다. 펄펄 내리는 눈발을 지켜보고 있던 인천세관 통관기획과장 고창순은 짙은 어둠 사이로 다가오는 플래시 라이트의 불빛에 철창의 문을 열었다.

저벅저벅.

가방을 하나 메고 있는 중년 남성이 철창 앞으로 다가왔다.

“어서 오세요, 형님.”

“어, 창순아. 오랜만이다.”

“역시 눈 내리니까 바로 오시네요. 제가 딱 알고 당직을 섰죠.”

“뭐……”

상대는 학교의 대선배이자 이렇게 먹고살 길을 마련해 준 은인이기도 했다.

“가요, 형님.”

중년 남성과 함께 어둠 속을 걸으며, 고창순이 말을 이었다.

“일 년 사이 창고에 쌓인 수취인 미확인 선적품은 1,300개 정도. 예년보다 줄었죠. 경기가 안 좋으니까 밀수도 덜해졌달까. 하하.”

창고의 문 앞에 선 중년 남성이 고창순에게 고개를 돌렸다.

“국장님은 잘 계시지?”

“그럼요, 형님 복귀하길 기다리고 계시죠.”

“내가 할 줄 아는 건 너도 충분히 할 수 있어.”

“그래도 저 컨테이너 밭에서 불법품 골라내는 능력은 형님 따라갈 사람 없어요.”

거대한 창고의 문이 삐걱거리며 열렸다.

"여기서부터는 내가 확인할게. 1시간만 줘."

"천천히 보세요. 누가 오는 것도 아닌데."

중년 남성이 안으로 사라지고, 고창순은 밖을 지키며 담배를 입에 물었다.

"테 비서. 확인 시작해."

강윤환은 가방에서 인형을 꺼내 앞으로 내밀었다. 다른 이에게는 보이지 않는 자신만 볼 수 있는 레이저의 빛이 곰 인형의 눈에서 쏘아지며 창고 안의 물건을 스캔하기 시작했다.

[19세기 유물.]

그렇게 한곳에 머문 레이저의 빛을 따라 선반 위의 나무 상자를 열었다. 반가부좌를 틀고 있는 목상이 신문 쪼가리 사이에서 모습을 드러냈다.

"일본에서 넘어온 거네. 위험하진 않아."

[15세기 고미술품.]

"가짜인데 정교해. 값은 꽤 나가겠어."

[17세기 무기.]

"날이 살아 있어. 이건 파기하라고 해야겠다."

그렇게 창고 안을 샅샅이 훑어본 뒤 강윤환은 다시 입구에 섰다.

"보고해."

[총 27건. 통과 22건. 위험분류 3건. 미정 2건.]

상념에 젖은 눈길로 창고 안을 훑어보던 강윤환이 나직이 중얼거렸다.

"올해는 무난하구나."

눈만 오면 생각이 나 년 단위로 버릇처럼 계속해온 이 일. 시작이 언제였더라? 테 비서에게 물어보면 초 단위까지 기억을 끄집어낼 수 있겠으나 가히 좋은 추억이 아니기에 여기서 생각을 접었다.

밝고, 기분 좋은 생각만.

그 녀석의 멍청한 얼굴을 보면 좀 나아질까 사진을 꺼내는데 안주머니에 있던 휴대전화가 울렸다.

"이 새벽에 누구지?"

화면을 보니 그 녀석이었다.

"오냐."

ㅡ아버지, 설마 제가 깨운 건가요? 출국 직전이라 시간이 없어서.

"괜찮은데, 왜?"

ㅡ파리에 잠깐 갔다 오거든요. 저번처럼 뭔가 흘리고 온 유품 같은 게 있으시면 말씀 좀 해주십사 하고요. 아하하!

"그런 게 있겠냐?"

ㅡ그렇죠? 그렇다면 말입니다. 소자, 아버지 금고에 있는

거 하나 파실 생각은 있으신지 여쭙고 싶사옵니다.

"됐고, 요즘 해외여행이 잦은가 본데, 혹시 비행기가 빛나거든 절대 타지 마. 만지지도 말고. 비행기 안에서 실수하면 국제법으로 걸리는 거 알지? 그러면 호적에서 파버린……."

―그 정도 실수는 이제 안 합니다. 웬만한 유품에 안 휘둘리거든요. 저번에 사기당한 것만 빼면요. 참, 말이 나와서 말인데. 이따금 이런 생각이 들어요, 아버지. 제가 이런 물건을 만지고 모으는 것에 뭔가 큰 의미가 있지 않나.

무게를 잡고 말하기 시작하는 민호의 음성에 강윤환은 소리 없이 피식 웃었다.

―인생에서 가장 위대한 일이 뭐겠습니까? 모두가 해내지 못할 거란 일을 비로소 이루어 냈을 때라 이거죠. 그저 타인의 인생 일부를 경험하는 것에 그치지 않고 앞으로도 열심…… 아버지? 듣고 계시죠? 아아. 마이크 테스트. 하나 둘.

"다 했냐?"

―그러니까 하나만 파세요.

"결혼할 여자 친구 데려오면 생각해 보마."

―에엑? 제 나이가 얼만데요.

"그러면 네 여자 친구가 마음에 들어 하는 물건 하나 내주마. 결혼 선물로."

－정말요? 가만있자 생각 정리를……

"끊는다."

－아버지, 사랑합…….

강윤환은 휴대전화를 품에 넣고 창고의 문을 열었다.

"다 되셨습니까?"

입구에 서 있던 산적처럼 생긴 사내가 다가왔다.

"응, 창순아. 3개 정도 찾았다. E-13 섹션에 화약이 담긴 구식 총은 암거래로 빠지면 위험하니까 바로 처리해. F-7, G-32 섹션도 뒤져봐."

"고맙습니다."

"언제 국장님과 함께 집에 놀러 와. 한잔하자."

"그래야죠. 연말에 찾아뵐게요."

새벽이 지나 멀리 동이 트고 있었다. 컨테이너 상자가 잔뜩 늘어서 있어야 할 넓은 부두는 하얀 눈발이 깔려 이 순간만큼은 어디인지 모를 깨끗한 공간으로 변한 상태였다.

"눈이 그쳤습니다, 형님. 이맘때 인천항은 되게 운치 있어요. 그죠?"

"그러네."

세상의 모든 문제가 이토록 간단하게 덮어 해결할 수 있다면 좋으련만. 강윤환은 새하얀 공간으로 발자국을 찍으며 걸어 나갔다.

Object : 파티 플래너의 곰인형 탈.

Effect : 이벤트 장인이 가진 따뜻한 위로를 건네주는 스킬에 충만해진다.

Object : 윤이설의 하모니카.

Change Effect : 천재 싱어송라이터의 음악적 감수성을 깊게 공유할 수 있다.

to be continued